ITALO C

**이탈로 칼비노** 1923년 쿠바에서 농학자였던 아버지와 식물학자였던 어머니 사이에서 태어나 어린 시절부터 자연과 가까이하며 자랐다. 토리노 대학교에 입학해 공부하던 중 이탈리아 공산당에 가입해 레지스탕스 활동에 참여했다가, 2차 세계 대전이 끝난 뒤 조셉 콘래드에 관한 논문으로 졸업했다. 1947년 레지스탕스 경험을 토대로 한 네오리얼리즘 소설 『거미집으로 가는 오솔길』을 발표해 주목받기 시작했다. 『반쪼가리 자작』, 『나무 위의 남작』, 『존재하지 않는 기사』로 이루어진 '우리의 선조들' 3부작과 같은 환상과 알레고리를 바탕으로 한 철학적, 사회참여적인 작품, 『우주 만화』같이 과학과 환상을 버무린 작품, 이미지와 텍스트의 상호 관계를 탐구한 『교차된 운명의 성』과 하이퍼텍스트를 소재로 한 『어느 겨울밤 한 여행자가』 같은 실험적인 작품, 일상 가운데 존재하는 공상적인 이야기인 『마르코발도 혹은 도시의 사계절』, 『힘겨운 사랑』 등을 연이어 발표하면서 이탈리아뿐만 아니라 세계 문학계에서 독보적인 위치를 차지하게 되었다. 1972년 후기 대표작인 『보이지 않는 도시들』을 발표해 펠트리넬리 상을 수상했다. 1981년에는 프랑스의 레지옹 도뇌르 훈장을 받았다. 1984년 이탈리아인으로서는 최초로 하버드 대학교의 '찰스 엘리엇 노턴 문학 강좌'를 맡아 달라는 초청을 받았으나 강연 원고를 준비하던 중 뇌일혈로 쓰러져 1985년 이탈리아의 시에나에서 세상을 떠났다.

팔로마르

이탈로 칼비노 전집 II

# 팔로마르

김운찬 옮김

PALOMAR

민음사

ITALO CALVINO

PALOMAR
by Italo Calvino

차례

## 3. 팔로마르의 침묵

차례의 제목을 표시하는 숫자 1, 2, 3은 첫째 자리에 있든, 둘째 자리나 셋째 자리에 있든, 단순히 순서의 가치뿐 아니라 이 책 전체에 각기 다른 비율로 나타나는 세 가지 주제 영역, 세 가지 경험과 탐구 유형과 상응한다.

1은 대부분 자연의 형식을 대상으로 하는 시각적 경험에 해당하고, 텍스트는 묘사로 이루어진다.

2에는 넓은 의미에서 문화적이고 인류학적인 요소들이 담기고, 그 경험은 시각적 자료 외에 언어, 의미, 상징을 포함한다. 텍스트는 이야기 형식이 되려는 경향이 있다.

3은 우주, 시간, 무한, 자아와 세계의 관계, 정신의 차원에 대해 한층 사색적인 경험을 고려한다. 묘사와 이야기의 영역에서 사색의 영역으로 넘어가는 것이다.

# 소개

『팔로마르』 초판은 1983년 11월 에이나우디[1] 출판사에서 출간되었다. 이 텍스트는 여러 해 동안 편집되지 않고 남아 있다가 메리디아노[2] 총서 『장편 소설들과 단편 소설들』 제2권(몬다도리 출판사, 밀라노, 1992, 1402~1405쪽)에 처음 실렸다. 《뉴욕 타임스 북 리뷰》의 인터뷰에 답하기 위해 칼비노가 1983년 5월에 준비한 글이지만, 1983년 6월 12일에 발행된 이 잡지에는 단 몇 줄밖에 실리지 않았다.

제일 먼저 구상한 것은 두 등장인물, 팔로마르 씨와 모홀 씨를 제시하는 것이었다. 팔로마르는 유명한 천문대가 있는 캘리포니아의 팔로마 산[3]에서, 모홀은 지각에 구멍을 뚫으려는 프로젝트[4]에서 이름을 따왔다. 만약 실현되었더라면 이전에는 도달한 적 없는 지구의 깊은 곳까지 갔을 프로젝트였다. 두 등장인물 중 팔로마르는 위쪽, 외부, 우주의 다채로운 측면을 지향하고, 모홀은 아래쪽, 어두운 곳, 내면

---

1 1933년 토리노에 설립된 출판사로, 반파시스트 지식인들을 중심으로 이탈리아 문화계에 개혁 바람을 불러일으켰다. 칼비노는 이 출판사의 주요 작가 중 한 사람이었으나 『팔로마르』가 출판되던 1983년 재정 위기가 심화되면서 결국 다른 출판사로 옮겼다.

2 '자오선'이라는 뜻으로 밀라노의 몬다도리 출판사에서 1969년부터 간행하기 시작한 총서이다. 이탈리아 국내외 유명 작가들의 주요 저술을 엮어 출판하고 있다.

3 미국 캘리포니아 남서부에 자리한 해발 1713미터의 산으로, 정상의 천문대에는 대구경 망원경 세 대가 설치되어 있다. 이탈리아어 발음은 팔로마르이다.

4 지각에 구멍을 뚫어 지구 내부를 탐색하고 연구하려는 '모홀 프로젝트(Mohole project)'가 계획되었으나 여러 가지 이유로 중단되었다.

의 심연을 지향하게 할 예정이었다. 나는 두 등장인물의 대비를 토대로 대화를 써 보리라 마음먹었다. 한 사람은 일상생활의 사소한 사건을 우주적 관점에서 바라보고, 다른 한 사람은 그 아래에 무엇이 있는지 찾아내는 데 몰두하면서 불쾌한 진리만 말하는 것으로 말이다.

나는 사람의 납치와 관련된 대화를 써 보았다. 당시 이탈리아에서는 이런 범죄가 가장 수익성 높은 산업이 되기 시작하던 중이었다. 모홀 씨는 모두에게 적대적인 사람들, 분명히 누구도 몸값을 지불하려 하지 않을 사람들만이 안전하다고 느낄 것이라고 주장했고, 따라서 상호 증오만이 사회를 유지하게 하는 토대이며, 반면에 애정과 연민은 바로 그런 감정을 이용하는 범죄의 근거가 된다고 주장했다. 이 시점에서 나는 내가 쓴 것을 다시 읽어 보고는, 조만간 후회할지도 모를 것을 쓰고 있다는 의혹이 들 때면 늘 그랬던 것처럼 종이를 구겨서 던져 버렸다. 그런 양심의 가책을 느끼면서야 어떻게 모홀의 대화를 쓸 수 있겠는가 싶어 나는 계획을 중단하고 무르익게 놔두기로 했다.

나는 온갖 고통과 비명으로 가득한 세상 한가운데에서 조화를 찾는 등장인물 팔로마르 씨만 데리고 단편들을 쓰기 시작했다. 그리고 그것을 당시 내가 협력하고 있던 《일 코리에레 델라 세라》[5] 문화면에 발표했고, 언젠가 때가 되면 모홀 씨를 등장시키리라 생각했다. 하지만 그것은 등장인물 팔로마르 씨의 윤곽을 완벽하게 완성한 다음의 일이었다. 그는 팔로마르와 완벽하게 대조되는 인물이어야 했기 때문이다. 하지만 그 일은 실현되지 못했다. 나는 팔로마르 씨와 함

---

5 1876년 밀라노에서 창간된 이탈리아 최대의 일간 신문.

께, 말하자면 그 등장인물에게 부여하는 것이 자연스러워 보이는 경험과 성찰과 함께 앞으로 나아갔고, 반면에 모홀 씨는 의도의 림보[6]에 남겨 두었다. 그러니까 이따금 내 머릿속을 스치고 지나가는 '모홀 씨 성향의' 생각과 추론은 글의 형식을 부여할 필연성의 문턱을 넘지 못했다.

팔로마르 시리즈의 후속편을 위해 이따금 구상하던 다양한 책의 계획에서 나는 언제나 「모홀 씨와의 대화」라는 부분을 염두에 두었는데, 그래 봐야 제목이 전부였다. 여러 해 동안 그 계획을 뒤쫓으면서 그 책의 정점은 내가 아직 한 줄도 쓰지 않은 그 대립적 등장인물의 출현 부분일 것이라고 계속 믿었다.

마지막에 이르러서야 나는 모홀 씨가 전혀 필요하지 않다는 것을 깨달았다. 팔로마르가 바로 모홀이기도 했기 때문이다. 대부분 잘 준비된 이 등장인물이 내면에 갖고 다니는 어둡고 악의적인 역할이 독립적인 등장인물로 외면화될 필요가 없었던 것이다. 여기에서 나는 이 책이 끝난 것으로 간주했다. 사실 『팔로마르』에는…… 내가 지금까지 한 이런 이야기의 흔적이 전혀 보이지 않는다.

그렇다면 왜 내가 쓴 책이 아닌, 쓰지 않은 책, 이 책과 아무런 상관이 없는 책에 대해 말하는지 물어볼 수 있을 것이다. 하지만 어쩌면 사람들은 자기 책에 대해, 작가의 해설을 요구하지 않아야 하는 책에 대해 '소극적인 방법'으로만, 그러니까 그 책에 도달하기 위해 버린 책들의 계획을 통해서만 말할 수 있는지도 모른다.

이제 『팔로마르』는 몇 쪽 되지 않는 얇은 책으로 나왔지만, 집

---

6 죄도 짓지 않았고 덕성도 있지만 예수 그리스도를 몰랐거나 세례를 받지 않은 영혼들이 있는 가톨릭의 저승.

필 과정에서 이따금 백과사전이나 '방법에 대한 논의', 장편 소설로 바꾸고 싶은 유혹을 느끼기도 했다. 하지만 책은 확장되는 대신 오히려 더욱 짧고 압축적인 형태를 띠게 되었다. 처음에 나는 1975년과 1977년 사이에 《일 코리에레 델라 세라》에 가끔 실었던 칼럼 「팔로마르 씨의 관측소」라는 글들을 활용했지만, 사실 이 책에 포함할 만한 내용은 많지 않았다. 기껏해야 동물원의 기린, 해변에 부딪치는 파도, 가게의 진열장처럼 제한된 관찰 영역에 대한 일정한 유형의 관심을 토대로 하는 글 정도였는데, 그것도 완벽한 묘사에 집착함으로써만 이야기가 되었다.

바로 그것이 「팔로마르의 경험」이다. 그것은 나중에 《라 레푸블리카》[7]에 원래 일인칭으로 발표했던 다른 글에서도 확인된다. 예를 들어 11월 로마에서 본 철새들의 무리 또는 망원경으로 본 행성들을 묘사할 기회가 있었다. 나는 지금 오래전부터 사용되지 않고 불필요한 것으로 간주되는 문학 실습, 즉 묘사를 재평가하려고 노력한다. 묘사하고 싶은 욕망을 불러일으키는 무언가를 볼 때면 나는 되도록 '현장에서' 메모를 하려고 노력하는데, 그것은 종종 비망록이나 메모장에 남아 잊혔다.

『팔로마르』를 쓰기 위해 그런 메모들을 뒤졌다. 그러다 발견된 짝짓기하는 거북이 두 마리에 대한 묘사는 그대로 책에 실렸다. 이 묘사는 내 고향의 젊은 시인 주세페 콘테[8]가 시에서 묘사한 것과 거

---

**7** 1976년 로마에서 창간된 일간 신문.

**8** Giuseppe Conte(1945~). 칼비노가 거주하던 산레모에서 가까운 리구리아 해안 출신의 시인이자 작가로 1983년에 시집 『대양과 소년』을 출간했다.

의 동일하다. 지금은 『리촐리 세계 도서관』[9] 총서로 출간된 멋진 시집 『대양과 소년』을 다시 읽어 보면 내가 표절 작가처럼 보일 수도 있겠구나 하는 생각이 든다. 그의 시집이 먼저 출간되었기 때문이다. 하지만 이것은 다양한 문학적 표현에서 중요한 객관적 묘사를 할 때 맞을 수 있는 시련이다.

그리고 오래되고 멀리 떨어진 문명으로의 여행 경험에서 나온 부분도 많이 조정했지만 거의 모두 버렸다. 이탈리아 작가가 쓴 여행 인상에 대한 책은 사람들이 지루해하는 장르이기 때문이다. 그리고 그런 텍스트에서 묘사되는 모든 것에 필히 제공되어야 하는 약간의 문화적 개념들은 눈에 보이는 것과의 직접적인 관계를 토대로 하는 이런 책과 어울리지 않는다.

어쨌든 내가 제한적으로만 알고 있는 지식 분야를 다루어야 한다는 것이 가장 해결하기 어려운 문제였다. 팔로마르는 자신에게 없는 능력이나, 그 자체로는 조금도 흥미롭지 않은 무능력을 과시하지 않아야 하기 때문이다. 내가 그 문제를 해결했는지는 이 책의 가운데 부분 「팔로마르 쇼핑을 하다」에 드러날 것이다. 파리의 식료품 가게들에게 헌정된 이 부분은 내가 가장 중요하다고 생각하며 "존재의 물질적 토대"라고 정의할 수 있는 주제에 해당한다.

그런 텍스트를 한데 모으기 시작했을 때, 예를 들어 "자연 속에서 질서와 무질서", "필연성, 가능성, 무한", "침묵과 말"처럼 반복적으로 나타나는 일부 주제를 정의하고 싶었기 때문이다. 특히 "침묵과

9 리촐리 출판사에서 1949년 시작한 총서로 고전 문학 작품들을 싼 가격에 보급하는 데 기여했다.

말"이 가장 중요했다. 등장인물 팔로마르의 두드러진 특징은 한편으로는 과묵하고, 다른 한편으로는 비언어적 측면에서 '세상 읽기'에 몰두한다는 점이기 때문이다. 이따금 나는 일종의 창살을 구상하기도 했는데, 거기에서 각각의 칸은 두 가지 주제의 교차점에 해당하고, 각각의 칸에다 내가 이미 썼거나 앞으로 써야 할 글의 제목을 넣으려고 했다. 하지만 이론적 개념에서 출발한 이 계획은 실행되지 못했다. 왜냐하면 이 책은 내가 찾지 않았는데도 쓸 기회를 얻은 텍스트들만으로 구성되었기 때문이다.

이 작은 책의 집필에 많은 시간이 소요된 것은 그 때문뿐 아니라, 팔로마르의 관찰 방식이 언제나 자기 자신과 인간 세상으로 확장되어 마침내 어떤 일반적인 결론에 도달하기를 원했기 때문이다. 글을 쓸수록 그것은 도달하기 어려운 임무처럼 생각되었다. 「팔로마르의 침묵」은 책의 앞부분에서는 문장들의 빽빽한 흐름으로 표현되지만, 뒤로 갈수록 혼란스럽고 불안해진다. 전체를 다시 읽어 보면서 나는 팔로마르의 이야기가 두 개의 문장으로 요약될 수 있다는 것을 깨달았다. "한 사람이 현명함에 도달하기 위하여 조금씩 나아간다. 그는 아직 도달하지 못했다."

# 1 팔로마르의 휴가

# 1.1. 해변의 팔로마르

## 1.1.1. 파도 읽기

바다가 약간 물결치면서 작은 파도들이 모래 해변에 부딪친다. 팔로마르가 바닷가에 서서 파도 하나를 바라본다. 그렇다고 파도를 관조하는 것은 아니다. 그는 자신이 무엇을 하는지 잘 알고 있다. 그저 파도 하나를 바라보고 싶어서 바라볼 뿐, 관조하는 것은 아니다. 관조하기 위해서는 적합한 기질, 적합한 정신 상태, 외부 상황들의 적합한 협력이 필요하다. 원칙상 관조를 전혀 반대하는 것은 아니지만, 팔로마르에게서는 이 세 가지 조건 중 그 무엇도 확인되지 않는다. 마지막으로 그가 바라보려 하는 것은 '파도들'이 아니라 개별적인 파도 하나이다. 모호한 느낌을 피하기 위해 그는 어떤 행동을 하든 미리 정확하게 대상을 제한한다.

팔로마르는 멀리서 파도 하나가 솟아올라 커지고, 가까이 다가

오고, 행태와 색깔을 바꾸고, 부서지고, 사라지고, 역류하는 것을 본다. 이쯤에서 자신이 의도한 작업을 완수했다고 확신하고 자리를 뜰 수도 있다. 하지만 파도 하나를 분리해 내는 것, 바로 뒤따라오면서 그 파도를 밀어내는 것처럼 보이고 때로는 따라잡고 압도하는 파도와 분리하는 것은 매우 어려운 일이다. 해변을 향해 앞서 가면서 뒤에 오는 것을 끌고 가는 것처럼 보이는 파도와 분리하는 것도 어렵다. 잠시 후 멈춰 세우려는 듯이 몸을 돌려 막아서는 경우를 제외하면 말이다. 그리고 각각의 파도를 해변과 평행하게 그 폭으로 고려한다면, 앞으로 나아오는 이마가 어디까지 계속 펼쳐지는지, 어디에서 속도, 형태, 힘, 방향 등에서 다른 각각의 파도들과 구분되고 분리되는지를 결정하기도 어렵다.

간단히 말해 파도를 형성하는 데 함께 협력하는 복잡한 측면들과 그 파도가 발생시키는 마찬가지로 복잡한 측면들을 고려하지 않고는 파도 하나를 따로 관찰할 수 없다. 그 측면들은 계속해서 변화하고, 그렇기 때문에 하나의 파도는 언제나 다른 파도와 다르다. 하지만 각각의 파도가, 설령 바로 옆이나 뒤에 있는 것이 아니라 해도, 다른 파도와 동일하다는 것 역시 사실이다. 간단히 말해 시간과 공간 속에 불규칙하게 배치되어 있으면서도, 반복되는 형태와 연쇄가 있다. 이 순간 팔로마르가 하려는 것은 단순히 파도 하나를 '보는' 것, 말하자면 동시에 나타나는 구성 요소들을 하나도 간과하지 않고 모두 포착하는 것이기 때문에, 그의 시선은 이전에 포착하지 못한 측면을 기록할 수 있을 때까지 해변에 부딪치는 바닷물의 움직임에 머무를 것이다. 이미지가 반복된다는 것을 깨닫고서야 그는 자신이 보려고 했던 것을 모두 보았음을 알고 중단할 수 있을 것이다.

광적이고 혼잡한 세상에서 살아가는 신경질적인 사람 팔로마르는 일반적인 신경 쇠약증에서 자신을 보호하기 위해 가능한 한 느낌을 통제하고 외부 세계와 자신과의 관계를 축소하려고 노력한다.

파도의 마루는 앞으로 나아오면서 다른 곳보다 한 지점에서 높이 일어나고 바로 거기에서 하얗게 접히기 시작한다. 그것이 해변에서 어느 정도 떨어진 곳에서 일어날 경우, 하얀 거품은 자체 위로 휘감기고 마치 집어삼켜진 듯 사라졌다가 동시에 다시 모든 것을 침범하지만, 이번에는 아래에서 솟아 나와 마치 도달하는 파도를 맞기 위해 해변으로 올라가는 하얀 카펫처럼 보인다. 그러나 카펫 위에서 구를 것으로 기대되었던 파도는 더 이상 눈에 보이지 않고 카펫만 남는데, 그것도 곧바로 사라지면서 젖은 모래밭의 반짝거림이 되고, 넓게 펼쳐진 건조하고 불투명한 모래가 굽이진 경계선을 앞으로 밀어내듯 재빨리 물러난다는 것을 알게 된다.

동시에 파도 이마의 움푹한 곳을 고려해야 하는데, 거기에서 파도는 두 개의 날개로 나뉘어, 하나는 오른쪽에서 왼쪽으로, 다른 하나는 왼쪽에서 오른쪽으로 해변을 향해 나아간다. 그 날개들이 갈라지거나 합쳐지는 출발점 또는 도착점이 바로 그 움푹한 지점이며, 그것은 나아가는 날개들을 뒤따르지만 언제나 더 뒤로 밀려나고, 날개들이 교대로 중첩되는 것에 복종하고, 마침내 더 강한 다른 파도에 압도당하지만, 그 다른 파도 역시 똑같이 갈라지거나 합쳐지는 것이 문제이며, 나중에는 그 매듭을 깨뜨림으로써 해결하는 훨씬 더 강한 또 다른 파도에 압도당한다.

파도들의 유형을 모방하듯이 해변은 겨우 드러나는 끝부분을 물속으로 밀어 넣고, 그것은 물속에 잠긴 모래 둔덕으로 확장되며 조

수 때마다 물결에 의해 형성되었다가 해체된다. 바로 그런 낮은 모래 둔덕들 중 하나를 팔로마르는 관찰 지점으로 선택했다. 왜냐하면 거기에서 파도들이 이쪽저쪽으로 비스듬하게 부딪치고, 반쯤 잠긴 표면을 넘어 다른 쪽에서 도착하는 파도와 만나기 때문이다. 그러니까 파도가 어떻게 형성되었는지를 이해하기 위해서는 이렇게 대립되는 방향으로 가해지는 추진력을 고려해야 하는데, 그것들은 어떤 면에서는 서로 균형을 맞추고 또 어떤 면에서는 함께 합쳐지며, 거품들의 동일한 펼쳐짐 안에서 그 모든 추진력과 반대 추진력의 총체적인 부서짐을 유발한다.

팔로마르는 이제 자신의 관찰 영역을 제한하려고 노력한다. 가령 해변 10미터, 바다 10미터로 이루어진 정사각형을 고려한다면, 주어진 시간 간격 안에 거기에서 다양한 주기로 반복되는 파도의 모든 움직임 목록을 완성할 수 있을 것이다. 어려운 것은 그 정사각형의 경계를 고정하는 것이다. 왜냐하면 자신에게서 가장 먼 경계선으로 나아오는 어느 파도의 두드러진 선을 고려한다면, 그 선은 자신에게 가까이 다가오는 동안 높아지면서 그 뒤에 있는 것을 모두 그의 시야에서 감추고, 그 결과 고찰하는 공간이 뒤집어지고 뭉개지기 때문이다.

그래도 팔로마르는 용기를 잃지 않고 매 순간 자신의 관찰 지점에서 볼 수 있는 모든 것을 보는 데 성공했다고 믿지만, 언제나 미처 고려하지 못한 무언가가 튀어나온다. 관찰을 통해 완벽하고 결정적인 결과에 도달하고 말겠다는 초조함만 없다면, 파도 바라보기는 그에게 매우 편안한 실습이 될 것이며, 신경 쇠약증이나 심장 마비, 위궤양에서 그를 구원할 수도 있을 것이다. 그리고 아마 세상의 복잡함을 아주 단순한 체제로 환원시켜 정확히 이해하도록 돕는 열쇠 역할도 할 것이다.

하지만 이 모델을 정의하려면 어떤 경우든 해변과 평행하고 부서지는 파도들에 수직 방향으로 도달하면서 지속적이고 약간 솟아난 물마루의 흐름을 형성하는 긴 파도를 고려해야 한다. 해변 쪽으로 흩어지는 파도들의 돌진은 그 견고한 물마루의 균일한 충격을 어지럽히지 못한다. 그 물마루는 돌진하는 파도들을 직각으로 자르는데 어디로 가는지, 어디에서 오는지 알 수 없다. 어쩌면 한 줄기 동풍이 먼 바다의 거대한 물 덩어리에서 나오는 깊은 추진력과 교차하도록 바다의 표면을 움직일 수도 있다. 그 바람에서 탄생한 파도는 지나가면서 물에서 나오는 비스듬한 추진력까지 모으고, 방향을 돌려 자신의 방향으로 향하게 만들고는 함께 끌고 가기도 한다. 그렇게 계속 커지고 힘을 얻다가 마침내 반대 방향의 파도들과 충돌하여 약해지고 서서히 사라지거나, 아니면 비틀려서 비스듬한 파도들의 수많은 왕조들 중 하나와 뒤섞여 함께 해변에 부딪친다.

하나의 측면에 관심을 집중하면 그 측면이 전면에 부각되어, 마치 눈을 감았다 다시 뜨면 전망이 바뀌는 일부 그림들처럼 장면 전체를 장악하기도 한다. 이제 서로 방향이 다른 물마루들의 그런 교차에서 전체적인 윤곽이 솟아났다가 사라지는 작은 그림들로 단편화된다. 게다가 모든 파도의 역류도 그 나름의 힘으로 뒤따라오는 파도들을 방해한다. 그리고 이러한 뒤로의 추진력에 관심을 집중하다 보면 진정한 움직임은 바로 해변에서 출발하여 먼바다를 향해 가는 것처럼 보인다.

혹시 팔로마르가 도달하고자 하는 진정한 목적은, 파도들을 반대 방향으로 달리게 하고, 시간을 뒤집고, 습관적인 감각과 지성을 넘어서서 세상의 진정한 실체를 깨닫는 게 아닐까? 그렇지 않다. 그는 약간의 현기증을 느끼는 데까지만 도달하고 그 너머로는 가지 않는다. 파도들을 해변으로 밀고 가는 집요함이 유리한 고지를 점한다. 실제로 파도들은 많이 부풀어 올랐다. 바람이 바뀌려고 하는가? 팔로마르가 공들여 세운 이미지가 뒤집어지고 부서지고 흩어져서는 곤란하다. 모든 측면을 동시에 고려하는 데 성공할 경우에만 그는 관찰 작업의 두 번째 단계를 시작할 수 있다. 말하자면 그 지식을 우주 전체로 확장할 수 있다.

인내심을 잃지 않는 것만으로도 충분할 텐데, 머지않아 그렇게 될 것이다. 팔로마르는 해변에서 멀어진다. 도착했을 때처럼 신경이 긴장되고 모든 것에 대해 훨씬 더 불안을 느끼는 채로.

## 1.1.2. 벗은 가슴

팔로마르가 한적한 바닷가를 따라 걷는다. 젊은 여자 하나가 모래사장에 누워 가슴을 내놓고 일광욕을 하고 있다. 팔로마르는 점잖은 남자답게 수평선으로 시선을 돌린다. 그런 상황에서 모르는 사람이 접근하면 여자들은 종종 서둘러 몸을 가리는데, 그는 그런 상황이 못마땅하다. 평온하게 일광욕하는 여자를 귀찮게 하는 일일 뿐만 아니라, 지나가던 남자의 입장에서는 자신이 훼방꾼이 된 느낌을 받아야 하기 때문이다. 또한 나체에 대한 터부가 암묵적으로 확인되기 때문이며, 어중간하게 존중되던 관습은 행동에서 자유와 솔직함 대신 불안감과 모순을 확장시키기 때문이다.

그러므로 그는 벗은 여자 상체의 청동 핑크 구름이 멀리서 나타나자 곧장 고개를 돌려 시선의 궤도를 허공에 매달아 둠으로써 사람들을 둘러싸고 있는 보이지 않는 경계선에 대한 자신의 시민적 존중을 보장하도록 했다.

하지만(앞으로 나아가며 시야가 탁 트이자마자 동공의 움직임을 다시 자유롭게 하면서 생각했다.) 그렇게 함으로써 나는 보는 것의 거부를 과시하고 있어. 그러니까 나도 결과적으로 가슴을 보는 걸 부당하다고 간주하는 관습을 강화하고 있는 셈이지. 말하자면 그 눈부신 모습이 내 시야의 경계선에 이르렀을 때부터 눈에 신선하고 기분 좋게 보였던 가슴과 내 눈 사이에 걸려 있는 일종의 정신적 브래지어를 직관한 거야. 간단히 말해 내가 바라보지 않았다는 것은 내가 그 나체를 생각했다는 걸 전제하지. 걱정스럽게도 그건 근본적으로 경솔하고 반동적인 태도야.

산책에서 돌아오는 길에 팔로마르는 다시 그 여자 앞으로 지나가게 되었고, 이번에는 시선을 자기 앞에 고정함으로써, 뒤로 물러나는 파도의 거품, 해변에 끌어 올려진 보트들의 선체, 모래밭에 펼쳐진 커다란 목욕 수건, 젖꼭지의 갈색 후광과 함께 그보다 밝은 피부의 충만한 달 모양, 하늘을 배경으로 연무(煙霧)에 잠긴 갈색 해변의 윤곽을 동등한 균일함으로 바라보았다.

이제(계속 걸어가면서 자기 자신에 만족하여 생각했다.) 가슴이 완전히 풍경에 흡수되게 하고, 내 시선을 갈매기나 대구의 시선보다 중요하지 않게 만드는 데 성공했어.

하지만 그렇게 하는 것이 정말 옳을까?(그는 계속 생각했다.) 혹시 사람의 인격을 사물의 수준으로 단조롭게 만들고, 하나의 대상으로 간주하는 건 아닐까? 더욱 나쁘게는 인격에서 여성의 특별한 속성을 대상으로 간주하고 있는 건 아닐까? 혹시 나는 세월의 흐름 속에서 습관적인 오만함으로 굳어진 남성 우월주의의 낡은 관습을 영속시키고 있는 게 아닐까?

그는 몸을 돌려 다시 자신의 발자국을 따라갔다. 이제 공평한 객관성과 함께 해변으로 시선을 돌리면서 여자의 가슴이 시야에 들어오자마자 거의 섬광과 같은 하나의 중단, 급격한 이동이 나타나게 했다. 시선은 팽팽한 피부를 스칠 때까지 앞으로 나아가다가, 가벼운 전율과 함께 전망의 상이한 밀도를 감상하듯이 뒤로 물러나고, 일정한 거리에서 가슴의 융기를 회피하며 동시에 보호하듯 이어지는 커브를 그리면서 잠시 동안 허공에 머물렀으나, 이내 아무 일도 아니란 듯 다시 제 길을 갔다.

이제 내 입장엔 오해의 여지가 없어.(팔로마르는 생각했다.) 하지만 이렇게 시선을 돌리는 것은 결과적으로 우월감의 태도, 가슴이 무엇이고 무엇을 의미하는지에 대한 과소평가, 어떤 식으로든 가슴을 한쪽에, 주변부나 괄호 안에 넣어 두는 것으로 이해될 수 있지 않을까? 그렇다면 또다시 나는 오랜 세월에 걸쳐 성에 집착한 위선적 수치심과 욕정이 죄로 간주한 어둑한 곳으로 가슴을 추방하고 있는 거야…….

그런 해석이 팔로마르의 좋은 의도와 충돌한다. 팔로마르는 비록 여성의 벗은 가슴을 통해 내밀한 사랑의 관념을 연상하는 성숙한 세대에 속하지만, 그럼에도 그런 풍습의 변화를 우호적으로 환영한다. 그것은 보다 열린 사고방식의 반영을 의미하며, 특히 그에게 즐거움을 주기 때문이다. 바로 그런 사심 없는 격려를 자신의 시선에서 표현할 수 있기를 원한다.

그는 다시 돌아선다. 단호한 걸음으로 또다시 일광욕을 즐기는 여자 쪽으로 향한다. 이제 그의 시선은 변덕스럽게 풍경을 훑어보면서 특별한 관심과 함께 가슴 위에 머무를 테지만, 곧바로 모든 것, 그러니까 태양과 하늘, 구부정한 소나무들과 둔덕, 모래밭, 암초, 구름, 해초, 그 후광에 둘러싸인 뾰족한 돌기 주위에서 회전하는 우주에 대한 고마움과 호의의 충동에 휩싸일 것이다.

그것은 분명히 일광욕하는 여자의 마음을 편안하게 할 것이며, 모든 비뚤어진 추측을 사라지게 할 것이다. 하지만 그가 다시 가까이 다가가자 여자는 갑자기 일어나 몸을 가리고, 마치 사티로스의 귀찮은 강요를 피하듯이 어깨를 흔들면서 멀리 가 버린다.

무거운 악습의 짐이 계몽된 의도를 올바르게 이해하지 못하게 하는구나. 팔로마르는 쓰라린 결론을 내린다.

### 1.1.3. 태양의 검

태양이 낮아지면 바다 위에 반사광이 형성된다. 수평선에서 출렁이는 무수한 반짝임으로 이루어진 눈부신 점 하나가 해변까지 밀려온다. 반짝임과 반짝임 사이에서 바다의 불투명한 파란색은 어두운 그물을 형성한다. 역광에 의해 하얀색 배들은 검은색이 되고, 마치 그 눈부신 반짝임에 의해 소모되는 양 밀도와 크기를 상실한다.

느린 사람 팔로마르가 저녁 수영을 하는 시간이다. 그는 바다로 들어가 해변에서 멀어진다. 태양의 반사광이 빛나는 검이 되어 수평선에서 그에게 길게 펼쳐진다. 팔로마르는 검 속에서 수영을 한다. 아니, 정확히 말하자면 검은 언제나 그의 앞에 있다가 팔을 휘저을 때마다 뒤로 물러남으로써 절대 도달을 허용하지 않는다. 그가 팔을 뻗는 곳마다 바다는 불투명한 저녁 빛깔을 띠는데, 그것은 그의 뒤에서 해변까지 확장된다.

태양이 일몰을 향해 내려가는 동안 하얀 백열 반사광은 황금빛과 구릿빛으로 물든다. 그리고 이동할 때마다 팔로마르는 그 날카로운 황금빛 삼각형의 꼭짓점이 된다. 검은 태양을 축으로 하는 시계의 바늘처럼 그를 가리키면서 뒤따른다.

'태양이 나에게 보내는 특별한 존경의 표시로군.' 팔로마르, 또는 정확히 말하면 그의 내부에 살고 있는 자기중심적이고 과대망상적인 자아는 그렇게 생각하고 싶은 유혹을 느낀다. 하지만 같은 그릇 안에 함께 사는 우울하고 자해적인 자아는 반박한다. '눈이 달린 사람은 누구나 자신을 따라오는 반사광을 볼 수 있어. 감각과 정신의 착각은 언제나 우리 모두를 죄수처럼 붙잡아 두지.' 세 번째 공동 거주자인, 보다 공평한 자아가 끼어든다. '어쨌든 나는 햇살과의 관계를 설정하고 지각과 착각을 평가하고 해석할 수 있는, 느끼고 생각하는 주체에 속한다는 뜻이군.'

이 시간에 서쪽을 향해 수영하는 사람은 누구나 햇살의 띠가 자기 쪽으로 와서 자신의 팔이 밀고 가는 지점 조금 너머에서 사라지는 것을 본다. 그들에겐 각기 '자신의' 반사광이 있으며, 그것은 그 자신에게만 방향을 지시하며 그와 함께 이동한다. 반사광의 양쪽 옆에서 바닷물의 파란색은 더욱 어둡다. '저 어두운 빛깔만이 착각이 아닌, 모두에게 공통되는 자료인가?' 팔로마르는 자문한다. 하지만 검은 피할 길 없이 각자의 눈에 제공된다. '우리가 공통으로 갖고 있는 것은 바로 각자에게 유일하게 자기 것으로 주어지는 것일까?'

윈드서핑 보드들이 바다 위로 미끄러지면서 비스듬한 옆면으로 이 시간에 일어나는 뭍바람을 가른다. 그 위에 서 있는 사람들은 궁수처럼 뻗은 팔로 활대를 붙잡고 부딪치는 바람을 돛 안에 잡아 둔다. 반사광을 가로지를 때 둘러싸고 있는 황금빛 한가운데에서 돛의 색깔들은 약해지고, 불투명한 몸의 윤곽은 마치 어둠 속으로 들어가는 듯 보인다.

'이 모든 일은 바다 위나 태양 안에서가 아니라, 내 머릿속에서, 눈과 두뇌의 회로 안에서 일어나고 있어.' 팔로마르는 수영하며 생각한다. '나는 내 정신 속에서 수영하고 있는 거야. 바로 그곳에만 나의 관심을 끄는 이 햇살의 검이 존재하지. 그것만이 어떤 식으로든 내가 알 수 있는 요소야.'

하지만 이렇게도 생각한다. '나는 검을 붙잡을 수 없어. 그것은 언제나 저 앞에 있지. 나의 내부에 있으면서 동시에 내가 그 안에서 수영하는 것은 될 수 없는 거야. 내가 눈으로 보고 있다면 나는 그것의 외부에 있고 그것도 나의 외부에 있는 거지.'

휘젓는 그의 팔이 나른해지고 불확실해졌다. 그의 모든 추론은 반사광 속에서 수영하는 즐거움을 증가시키기는커녕 오히려 망가뜨리면서 그 안에서 일종의 제한 또는 죄의식 또는 비난을 느끼게 만드는 듯하다. 또한 피할 수 없는 책임도 느낀다. 검은 자신이 거기 있기 때문에 존재한다. 만약 자신이 그 자리를 떠나면, 만약 수영하고 해수욕하는 모든 사람이 해변으로 돌아가거나 태양을 향해 등을 돌린다면 검은 어디로 가게 될까? 해체되는 세상에서 그가 구하고 싶은 것은 가장 연약한 것, 그의 눈과 지는 태양 사이에 있는 그 바다의 다리이다. 팔로마르는 더 이상 수영하고 싶은 생각이 들지 않는다. 춥다. 하지만 계속 수영한다. 이제 태양이 사라질 때까지 바다에 남아 있어야 한다.

그리고 생각한다. '만약 내가 반사광을 보고 생각하고 그 안에서 헤엄을 친다면, 그건 맞은편 끝에 자기 햇살을 쏘는 태양이 있기 때문이야. 중요한 건 존재하는 것의 기원이야. 그것은 바로 이 석양처럼 약해진 형태일 때만 내 시선에 들어오지. 나머지는 모두 나를 포함하여 반사광들 사이의 반사광이야.'

돛의 유령이 지나간다. 돛대-사람의 그림자가 빛의 비늘들 사이로 흘러간다. '바람이 없다면 이런 플라스틱 연결점들, 사람의 뼈와 근육, 나일론 밧줄들이 한데 합쳐진 이 함정은 유지될 수 없을 거야. 고유의 목적과 의도를 가진 것처럼 보이는 윈드서핑 장치를 만드는 것은 바로 바람이야. 서핑 보드와 서핑하는 사람이 어디로 가는지는 바람만이 알지.' 그는 생각한다. 모든 것이 유래하는 원리를 확신함으로써 편파적이고 의심 많은 자아를 없앨 수 있다면 얼마나 마음이 놓일까! 그것은 행위와 형식이 유래하는 유일하고 절대적인 원리일까, 아니면 매 순간 보이는 그대로 유일한 세상에 하나의 형식을 부여하면서 상호 교차하는 힘의 계열들, 일정한 숫자의 서로 다른 원리들일까?

'……바람 그리고 당연히 바다, 나와 서핑 보드처럼 둥둥 떠다니는 고체들을 떠받치는 물 덩어리가 있지.' 팔로마르는 누워 떠다니면서 생각한다.

이제 뒤집어진 그의 시선은 떠다니는 구름과 숲에 둘러싸인 산들을 바라본다. 그의 자아도 하늘의 노을, 흐르는 대기, 흔들리는 바다, 떠받치고 있는 땅 같은 요소들 속에서 뒤집어져 있다. 이것이 자연일까? 하지만 그가 보는 것의 어느 것도 자연에 존재하지 않는다. 태양은 지지 않고, 바다는 저런 색깔이 아니고, 형태들은 빛이 망막에 투영하는 것들이다. 사지를 부자연스럽게 움직이며 그는 유령들 사이를 떠다닌다. 인간의 윤곽들은 부자연스러운 자세로 자신의 무게를 이동시키면서 바람을 이용하는 것이 아니라, 바람과 인공적 장치의 기울기 사이 각도의 기하학적 추상 작용을 이용하고, 그럼으로써 바다의 매끄러운 피부 위로 미끄러져 간다. 자연은 존재하지 않는가?

팔로마르의 수영하는 자아는, 합류하고 분리되고 부서지는 직선 무더기들, 벡터 도형들, 힘의 영역들이 상호 교차하는 형체 없는 세상 속에 잠겨 있다. 하지만 그의 내부에는 모든 것이 다른 방식으로 존재하는 하나의 지점이 덩어리처럼, 뭉치처럼, 응어리처럼 남아 있다. 그러니까 존재하지 않을 수도 있지만 존재하는 세상 안에서, 너는 여기 있지만 존재하지 않을 수도 있다는 느낌이다.

침입해 온 파도 하나가 매끄러운 바다를 뒤흔든다. 모터보트가 돌진하듯 달려가다가 연료를 흘리면서 평평한 밑바닥을 드러낸 채 튀어 오른다. 기름에 젖어 다채롭게 변하는 반사광들의 너울이 출렁이며 물속으로 퍼진다. 태양의 광채에는 없는 그런 물질적 밀도는 인간의 물리적 현존의 흔적으로 인해 의문시될 수 없다. 그것은 자신의 궤적에 새어 나온 연료, 연소의 찌꺼기, 동화될 수 없는 잔재를 뿌리면서 주위에 삶과 죽음을 뒤섞고 증대시킨다.

'이것은 내 영역이고, 그건 수용이나 배제의 문제가 아니야. 나는 여기 한가운데에서만 존재할 수 있는 거야.' 팔로마르는 생각한다. 하지만 지상에서 삶의 운명이 이미 정해졌다면? 만약 죽음을 향한 질주가 모든 구원의 가능성보다 강하다면?

파도가 외롭게 밀려가 해변에 부딪친다. 그리고 모래, 자갈, 해초, 아주 작은 조개껍질 들만 있는 듯 보이던 곳에서 이제 물이 물러나면서 해변 가장자리에 깡통, 과일 씨앗, 콘돔, 죽은 물고기, 플라스틱 병, 망가진 신발, 주사기, 기름얼룩으로 시커먼 나뭇가지가 흩어진 채로 드러난다.

팔로마르 역시 모터보트의 파도에 들어 올려지고 찌꺼기들의 조류에 휩싸이면서 갑자기 자신이 쓰레기들 사이의 쓰레기, 대륙-공동묘지의 해변-쓰레기장에서 굴러다니는 시체 같다고 느낀다. 만약 시체들의 유리알 같은 눈을 제외한 어떤 눈도 뭍과 물의 지구 표면 위에서 더 이상 열리지 않는다면, 검은 더 이상 빛나지 않을 것이다.

잘 생각해 보면 그것은 새로운 상황이 아니다. 한없이 긴 세월이 흐르는 동안 이미 태양의 빛살은 그것을 포착할 수 있는 눈이 존재하기 전에도 바다 위에 내려앉았다.

팔로마르는 물속을 헤엄치다가 솟아오른다. 저기 검이 있다! 어느 날 눈 하나가 바다에서 나왔고, 전부터 그 자리에서 기다리던 검은 마침내 완전히 날렵하고 예리한 끝과 눈부신 광채를 자랑하게 되었다. 검과 눈은 서로를 위해 존재했다. 어쩌면 눈의 탄생이 검을 탄생시킨 것이 아니라 그 반대일지도 모른다. 왜냐하면 검은 꼭대기에서 자신을 바라보는 눈이 없이는 존재할 수 없기 때문이다.

팔로마르는 자기가 없는 세상을 생각한다. 자기가 태어나기 전의 황량한 세상과 자기가 죽은 뒤의 훨씬 더 어두운 세상을. 어떤 눈이든지 눈이 있기 전의 세상, 그리고 내일 대재앙이나 느린 침식으로 장님이 되는 세상을 상상해 보려고 노력한다. 그런 세상에서는 도대체 무슨 일이 일어날까?(일어났는가? 일어날 것인가?) 정확하게 태양에서 출발한 빛의 화살 하나가 고요한 바다에 반사되어, 바닷물의 떨림 속에서 반짝인다. 그 순간 물질은 빛에 예민해지고, 생체 조직들로 구별되고, 갑자기 눈 하나가, 수많은 눈이 피어난다. 아니면 다시 피어난다…….

이제 모든 서핑 보드가 해변으로 끌어 올려졌고, 추위에 떠는 마지막 수영객 팔로마르도 바다에서 나온다. 그는 자기 없이도 검이 존재할 것을 확신하면서 마침내 수건으로 몸을 닦고 집으로 돌아간다.

## 1.2. 정원의 팔로마르

### 1.2.1. 거북이들의 사랑

안뜰에 거북이 두 마리가 있다. 암컷과 수컷이다. 쓱싹! 쓱싹! 서로의 등껍질이 부딪친다. 사랑의 계절이다. 팔로마르는 들키지 않게 숨어서 엿본다.

수컷이 보도의 가장자리에서 암컷의 옆구리를 민다. 암컷은 공격에 저항하는 것처럼 보인다. 아니면 적어도 약간은 무기력한 정지 상태로 수컷에 맞서는 듯하다. 수컷이 약간 더 작고 활발하다. 더 젊다고도 할 수 있다. 녀석은 뒤에서 암컷 위로 올라타려고 하지만, 기울어진 암컷의 등껍질에서 자꾸만 미끄러진다.

이제 수컷이 정확한 자세를 잡는 데 성공했는지 박자에 맞추어 율동감 있게 암컷을 밀친다. 밀칠 때마다 비명을 지르듯 헐떡인다. 암컷은 앞발을 땅에 납작 붙이고 있고, 그 때문에 뒤쪽이 들려 올라간다. 수컷은 앞발을 암컷의 등껍질 위에 올린 채 숨을 헐떡이면서 목을 앞으로 길게 내밀고 입을 벌리고 있다. 그런 등껍질의 문제는 붙잡을 방도가 없다는 것이다. 게다가 발은 잘 잡지도 못한다.

이제 암컷이 빠져 달아나고 수컷이 그 뒤를 쫓아간다. 암컷은 더 빠른 것도 아니고 단호하게 달아나는 것도 아니다. 수컷은 붙잡으려고 한쪽 발을 약간 깨무는데, 언제나 똑같은 발을 문다. 암컷은 저항하지 않는다. 암컷이 멈출 때마다 수컷은 올라타려고 하지만, 암컷이 약간 앞으로 나아가는 바람에 미끄러지면서 성기를 땅바닥에 부딪친다. 성기는 갈고리 모양으로, 등껍질의 두께와 잘못된 자세로 인해 둘이 분리되더라도 암컷에게 닿을 수 있을 만큼 상당히 길다. 그러므로 그런 공격에서 몇 번이 좋은 결과에 이르고, 몇 번이 실패로 끝나고, 몇 번이 유희나 연극일 뿐인지는 말할 수 없다.

여름이다. 한쪽 구석의 녹색 재스민을 제외하면 안뜰은 황량하다. 추격과 달아남, 발이 아니라 툭탁거리는 소리를 내면서 둔탁하게 부딪치는 등껍질의 충돌, 그리고 작은 풀밭을 여러 번 돌면서 구애는 계속된다. 암컷은 재스민의 줄기들 사이로 피하려 한다. 제 딴에는 숨으려고 그러는 모양이다.(아니면 다른 사람들이 그렇게 믿기를 바라는 모양이다.) 하지만 사실 그것은 수컷에게 붙잡혀 꼼짝 못하게 되는 가장 확실한 방법이다. 이제 수컷은 성기를 제대로 삽입하는 데 성공했을 것이다. 하지만 이번에는 둘 다 꼼짝하지 않고 조용히 있다.

팔로마르는 짝짓기하는 두 거북이의 느낌이 어떤지 상상할 수 없다. 그는 냉정한 눈으로 관찰한다. 마치 두 개의 기계, 짝짓기하도록 프로그램된 두 전자 거북이를 보듯이. 피부 대신에 골판(骨板)과 각질 비늘이 있는 이들에게 에로스는 무엇일까? 하지만 우리가 에로스라 부르는 것도 혹시 육체라는 기계의 프로그램은 아닐까? 기억이 모든 피부 세포, 생체 조직의 모든 분자의 메시지를 모으고, 그것들을 시각을 통해 전달되는 충동과 상상에 의해 유발되는 충동과 조합하여 증가시키는, 아주 복잡한 프로그램은 아닐까? 다른 건 연루된 회로들의 숫자뿐이다. 우리의 수용기(受容器)들에서 수백만 개의 선이 출발하여 감각, 조건, 사람과 사람 사이 관계를 관장하는 컴퓨터와 연결된다……. 에로스는 정신의 전자적 뒤엉킴들 속에서 이루어지는 프로그램이지만, 정신은 피부이기도 하다. 만져지고 보이고 기억되는 피부 말이다. 그렇다면 무감각한 껍질 안에 갇힌 거북이들은? 감각적 자극들의 결핍은 어쩌면 그들을 강렬하게 집중된 정신적 삶이나, 크리스털 같은 내면적 인식으로 이끌 수도 있다……. 어쩌면 거북이들의 에로스는 절대적인 정신의 법칙을 따르는 반면, 우리는 어떻게 작동하는지 모르는 기계 장치, 차단되고 고장 나고 무절제한 자동화로 폭발할 수 있는 기계 장치에 사로잡혀 있는지도 모른다…….

거북이들은 자기 자신을 잘 이해할까? 십여 분 동안의 짝짓기 후에 두 거북이는 서로에게서 떨어진다. 암컷이 앞서고 수컷이 그 뒤를 따르면서 풀밭 주위를 돌기 시작한다. 이제 수컷은 조금 떨어져 있으면서 이따금 한 발로 암컷의 등껍질을 더듬고, 그 위로 약간 올라타지만, 전만큼 단호하지는 않다. 둘은 재스민 사이로 돌아간다. 수컷이 암컷의 한 발을 약간 깨문다. 언제나 똑같은 발이다.

### 1.2.2. 지빠귀[1]의 휘파람 소리

운 좋게도 팔로마르는 많은 새들이 노래하는 곳에서 여름을 보낸다. 접이의자에 앉아서 '작업하는' 동안(사실 다른 행운도 있다. 완전한 휴식이라 할 만한 자세로 그런 장소에서 작업할 수 있다는 것이다. 좀 더 정확히 말하면, 8월의 아침에 나무 아래에 길게 누워서도 쉬지 않고 작업을 해야 한다고 느끼는 단점도 있다.) 가지 사이에서 보이지 않는 새들이 다양한 소리의 공연 목록을 펼치며, 불규칙적이고 불연속적이며 들쭉날쭉한 청각의 공간으로 그의 주변을 감싼다. 하지만 그 다양한 소리 사이에서도 균형이 이루어지고, 그중 어느 것도 강도나 빈도에서 다른 소리보다 두드러지지 않은 채로, 모두 조화보다는 가벼움과 투명함으로 균질한 짜임새를 유지한다. 가장 뜨거운 시간에 많은 광포한 곤충들이 대기의 진동에 절대적인 지배권을 행사하고, 끊임없이 귀를 먹먹하게 하는 매미들의 강력한 소음이 시간과 공간의 차원을 체계적으로 점령할 때까지는.

새들의 노랫소리는 팔로마르의 청각을 다양하게 자극한다. 때문에 그는 어떤 것은 기본적인 정적의 구성 요소인 양 무시하고, 어떤 것은 집중하여 거기에서 서로 다른 노래를 구별하거나 점점 더 복잡해지는 범주들로 나눈다. 점점이 흩어지는 지저귐, 하나는 길고 하나는 짧은 두 음계의 트릴, 짧고 떨리는 휘파람 소리, 꼬르륵거림, 작은 폭포처럼 쏟아져 내리다가 멈추는 음계들, 자기 자체로 굽어지는 조

1 원문에는 merlo로 되어 있는데 학명은 Turdus merula로, 공식적인 이름은 '대륙검은지빠귀'이다.

바꿈의 소용돌이에서 바이브레이션에 이르기까지 말이다.

팔로마르는 보다 세부적인 분류까지는 이르지 못한다. 지저귐 하나를 듣고 무슨 새인지 알아낼 줄 아는 사람은 아닌 것이다. 그는 그런 자신의 무지에 죄책감을 느낀다. 인류가 얻어 내는 새로운 지식은, 구두로만 전달되어 확산되고 일단 한 번 상실되면 다시 얻거나 다시 전달될 수 없는 그런 지식을 보상하지 못한다. 그러므로 새들의 날아감과 노래에 눈과 귀를 기울이던 어린 시절이나, 그 새들에게 정확하게 이름을 부여할 줄 아는 누군가와 함께 있는 자리에서만 습득할 수 있었던 것은 어떤 책에서도 배우지 못한다. 정확한 학명과 분류보다 팔로마르는 조바꿈된 것, 변화하는 것, 혼합된 것, 말하자면 정의할 수 없는 것을 정의하면서 불확실한 정확함을 계속 추구하기를 더 좋아했다. 지금 그는 상반된 선택을 하려고 한다. 새들의 노래에 의해 일깨워진 생각들의 연쇄를 따라가자니 자신의 삶이 놓친 기회들의 연속처럼 생각된다.

새들의 모든 노래 중에서 지빠귀의 휘파람 소리는 그 어떤 노래와도 혼동되지 않는다. 지빠귀들은 늦은 오후에 온다. 두 마리로 분명히 한 쌍이며, 아마 지난해나 이 시기의 모든 해에 왔던 바로 그 쌍인 듯하다. 매일 오후 자기가 왔다고 알리기라도 하듯 두 음계로 부르는 휘파람 소리를 듣고 팔로마르는 누가 부르는지 찾으려고 고개를 들어 주위를 둘러본다. 그런 다음 지빠귀들이 오는 시간이라는 것을 기억해 내고는 곧바로 찾아낸다. 지빠귀들은 풀밭 위를 걸어 다닌다. 마치 자신들의 진정한 소명은 지상의 두발동물인 인간과의 유사성을 증명하는 것이라는 듯 그것을 즐기는 것 같다.

지빠귀의 휘파람 소리는 이런 점에서 특별하다. 사람의 휘파람 소리와 동일한데, 휘파람을 특별히 잘 불지는 않지만, 휘파람을 불 만한 이유가 있을 경우엔 한 번, 오직 단 한 번, 계속 불고 싶은 의도 없이, 듣는 사람의 호의를 확보할 정도로 단호하지만 소박하고 기분 좋은 음조로 부는 사람의 휘파람 소리와 동일하다.

잠시 후 똑같은 지빠귀 또는 배우자에 의해 휘파람 소리가 반복된다. 하지만 그 소리는 언제나 이제 막 휘파람을 불고 싶은 생각이 들었다는 듯한 소리다. 만약 그것이 대화라면 모든 말은 긴 성찰 후에 온다. 하지만 그것이 대화일까, 아니면 모든 지빠귀는 다른 지빠귀를 위해서가 아니라 자기 자신을 위해 휘파람 소리를 내는 걸까? 그리고 어떤 경우든 그것은 다른 지빠귀나 자기 자신에게 하는 질문과 대답일까, 아니면 언제나 똑같은 것, 가령 자신의 존재, 어떤 종류나 성(性), 영토에 속한다는 것을 확인하는 것일까? 혹시 그 유일한 낱말의 가치는 휘파람 소리를 내는 다른 부리에 의해 반복되는 것, 정적의 휴지 동안 잊히지 않았다는 것에 있을 수도 있다.

아니면 모든 대화는 상대방에게 "나는 여기 있어." 하고 말하는 것에 있고, 휴지의 길이는 문장에 '아직'의 의미를 덧붙여, "나는 아직 여기 있어, 아직 나야." 하고 말하는 것일 수도 있다. 그런데 만약 메시지의 의미가 휘파람 소리가 아니라 휴지에 있다면? 만약 지빠귀들이 침묵을 통해 이야기한다면?(그럴 경우 휘파람 소리는 마침표나 "통신 끝." 같은 관용구일 것이다.) 겉보기에는 다른 침묵과 똑같아 보여도 침묵이 수없이 다른 의도를 표현할 수도 있다. 휘파람 소리도 마찬가지다. 침묵으로 말하기나 휘파람 소리로 말하기는 언제나 가능하다. 문제는 서로 이해하는 것이다. 아니면 누구도 다른 누구를 이해할 수 없는지 모른다. 각각의 지빠귀는 휘파람 소리에 근본적으로 자신을 위한 의미, 오로지 자신만 이해하는 의미를 집어넣었다고 생각하고, 다른 지빠귀는 그가 말한 것과 아무 관계가 없는 것으로 대꾸하고, 따라서 그것은 귀머거리들 사이의 대화, 밑도 끝도 없는 대화일 수도 있다.

하지만 인간의 대화라고 해서 그와 다른가? 팔로마르 부인도 정원에 있으며, 베로니카에 물을 주고 있다. 그녀가 말한다. "왔군요." 그것은 만약 남편이 이미 지빠귀들을 바라보고 있을 경우 용어법(冗語法) 표현이거나, 그렇지 않다면, 만약 그가 지빠귀들을 보지 못했다면 이해할 수 없는 말이지만, 어쨌든 지빠귀들을 관찰하는 일에서 자신의 우선권을 확정하고(왜냐하면 사실 바로 그녀가 처음 지빠귀들을 발견했고 남편에게 그들의 습성을 지적해 주었기 때문이다.) 그녀가 이미 여러 번 그랬던 것처럼 지빠귀들이 어김없이 나타나는 것을 강조하려는 의도가 담겨 있다.

"쉬잇!" 팔로마르가 말한다. 분명히 아내가 큰 목소리로 말해 지빠귀들을 놀라게 하는 것을 막기 위해서지만(지빠귀 부부는 이제 팔로마르 부부의 존재와 목소리에 익숙해졌기 때문에 불필요한 권고였다.) 실제로는 아내보다 자신이 지빠귀들을 훨씬 더 배려하고 있다는 걸 과시하면서 그녀의 우선권에 항의하려는 것이다.

그러자 팔로마르 부인이 말한다. "어제부터 다시 말랐어요." 물을 주고 있는 꽃밭의 흙을 가리키면서 하는 말인데, 그 자체로는 불필요하지만, 말을 계속하고 화제를 바꿈으로써 지빠귀들과의 친밀함, 남편보다 훨씬 크고 자유로운 친밀함을 보여 주려는 것이다. 어쨌든 이러한 말에서 팔로마르는 전반적인 평온함의 그림을 이끌어 내고, 그에 대해 아내에게 고마워한다. 왜냐하면 만약 아내가 지금은 심각하게 몰두할 일이 전혀 없다는 것을 확인해 주는 말이라면, 그는 자기 작업(또는 사이비 작업 또는 과잉 작업)에 몰두할 수 있기 때문이다. 일 분 정도 시간이 흐른 다음 그도 안심시키는 메시지를 보내려고 노력하는데, 자기 작업(또는 하위 작업 또는 극단 작업)이 평소처럼 진행되고 있다는 것을 아내에게 알리기 위해서다. 그런 목적으로 그는 일련의 투덜거림과 식식거림을 내뱉는다. "…… 잘못해서…… 그런데도…… 처음부터…… 그래, 세상에……." 그 모든 것은 '나는 아주 바빠.'라는 메시지를 전달한다. 만약 아내의 말에 '당신이 정원에 물을 줄 생각을 해 볼 수도 있잖아요.'라는 은근한 비난이 함축되어 있다면 말이다.

이런 말들의 교환에서 전제되는 것은, 부부 사이의 완벽한 일치는 모든 것을 상세하게 설명하지 않고도 서로 이해할 수 있게 해 준다는 관념이다. 하지만 두 사람은 그런 원칙을 확연히 다른 방식으로 실천한다. 팔로마르 부인은 남편의 신속한 정신적 연상 능력 및 남편의 생각과 자기 생각의 일치(그것이 언제나 작동하는 것은 아니다.)를 시험하기 위하여 완결되었지만 암시적이고 신비로운 문장들로 자신을 표현한다. 반면에 팔로마르는 자기 내면적 독백의 안개에서 분절된 소리들이 산발적으로 나도록 하면서, 거기에서 완전한 의미의 명백함은 아니더라도 최소한 심리 상태의 명암은 드러날 것으로 기대한다.

그렇지만 팔로마르 부인은 그런 투덜거림을 대화로 받아들이기를 거부하고, 자신이 그에 동참하지 않는다는 것을 강조하기 위해 낮은 목소리로 말한다. "쉬잇……! 놀라게 하지 말아요……." 그리고 남편이 자신의 권리라고 믿었던 조용히 하라는 소리를 오히려 남편에게 되돌려 주고, 지빠귀들에 대한 관심에서 자신의 우선권을 다시 확인한다.

이렇게 유리한 입장을 확보한 팔로마르 부인은 자리를 뜬다. 지빠귀들은 풀밭을 부리로 쪼면서 분명히 팔로마르 부부의 대화를 자신들의 휘파람 소리와 똑같은 것으로 간주할 것이다. 차라리 우리가 휘파람 소리만 내도록 제한되는 게 더 낫겠어. 팔로마르는 생각한다. 여기에서 그에게 매우 유망한 전망이 펼쳐진다. 그에게는 인간의 행동과 나머지 우주의 불일치가 언제나 고뇌의 원천이었다. 인간과 지빠귀의 동일한 휘파람 소리가 그의 눈에는 심연 위에 놓인 다리처럼 보인다.

만약 인간이 통상적으로 언어에 맡기는 모든 것을 휘파람 소리에 집어넣는다면, 만약 지빠귀가 자연적 존재로서 자기 조건 중 말해지지 않은 모든 것을 휘파람 소리로 조율한다면, 거리감을 채울 첫걸음을 내딛게 될 것이다……. 그런데 무엇과 무엇의 거리감이란 말인가? 자연과 문화? 침묵과 말? 팔로마르는 언제나 언어가 말할 수 있는 것보다 침묵이 더 많은 것을 담기 바란다. 하지만 만약 정말로 존재하는 모든 것이 지향하는 도착점이 언어라면? 아니, 만약 태초의 시간부터 이미 존재하는 모든 것이 언어라면? 여기에서 팔로마르는 다시 고뇌에 빠진다.

지빠귀의 휘파람 소리를 주의 깊게 들은 다음 그는 가능한 한 충실하게 그대로 반복하려고 시도한다. 당황스러운 침묵이 이어진다. 마치 그의 메시지가 자세한 조사를 요한다는 듯. 그런 다음 똑같은 휘파람 소리가 메아리치는데, 팔로마르는 그것이 자신에 대한 대답인지, 아니면 그의 휘파람 소리가 너무나 달라서 지빠귀들은 전혀 동요되지 않았고, 따라서 아무 일도 아닌 것처럼 자기들끼리 대화를 계속한다는 증거인지 알 수 없다.

그와 지빠귀들은 계속 휘파람 소리를 내면서 당황스럽게 서로에게 질문을 던진다.

### 1.2.3. 무한한 잔디밭

팔로마르의 집 주위에는 잔디밭이 있다. 그곳은 잔디밭이 자연스럽게 생겨날 만한 장소가 아니다. 그러니까 그 잔디밭은 자연적인 대상으로 조성된 인공적 대상이다. 잔디밭의 목적은 자연을 표현하는 것이다. 그리고 그런 표현은, 그 장소의 고유한 자연을, 그 자체로는 자연적이지만 그 장소와의 관계에서는 인공적인 자연으로 대체함으로써 구현된다. 간단히 말해 돈이 든다. 잔디밭은 씨를 뿌리고, 물을 주고, 비료를 주고, 잡초를 뽑고, 깎는 데 끝없는 경비와 노고를 요구한다.

잔디밭에는 아욱메풀, 호밀풀, 토끼풀이 있다. 이것은 똑같은 비율로 뒤섞여 파종기에 땅에 뿌려졌다. 자그마한 몸집으로 땅바닥을 기는 아욱메풀이 곧바로 우위를 점했다. 그 동그랗고 부드러운 작은 잎들의 카펫이 눈과 발에 기분 좋게 펼쳐진다. 하지만 잔디밭의 두께는 바로 호밀풀의 날카로운 풀잎들이 제공한다. 잘라 주지 않아 너무 자라거나 너무 듬성듬성하지만 않다면 말이다. 토끼풀은 불규칙적으로 자란다. 여기는 두 무더기, 저기는 전혀 없고, 저 아래에서는 바다를 이룬다. 무성하게 자라다가 결국은 주저앉는다. 프로펠러 같은 잎의 무게가 약한 잎줄기를 짓눌러 구부러뜨리기 때문이다. 잔디 깎는 기계가 시끄러운 진동과 함께 풀을 밀며 나아간다. 신선한 풀의 부드러운 냄새가 대기를 물들인다. 짧게 깎인 잔디는 빳빳한 털 같은 유년기를 되찾는다. 하지만 칼날이 물고 지나간 자리에 울퉁불퉁한 곳, 잔디가 뽑힌 빈터, 노랗게 얼룩진 곳이 드러난다.

잔디밭이 멋진 모습을 띠려면 균일한 녹색으로 펼쳐져야 한다. 물론 그것은 자연이 만들어 내는 잔디밭으로서는 자연스럽지 않은 모습이다. 여기에서 모든 지점을 관찰해 보면, 살수기의 회전 물줄기가 닿지 않는 곳, 반면에 물이 계속 분사되어 뿌리가 썩는 곳, 풀들이 물을 적당하게 활용하는 곳이 드러난다.

팔로마르는 잔디밭에 쭈그리고 앉아 잡초를 뽑는다. 빽빽하게 겹쳐진 들쭉날쭉한 잎들을 토대로 민들레가 땅바닥에 들러붙어 있다. 만약 줄기를 당기면, 줄기는 손에 남아도 뿌리는 땅속에 박혀 있을 것이다. 손을 이리저리 움직이며 민들레 전체를 장악하여 뿌리를 섬세하게 땅에서 뽑아내자면, 아마 침입해 들어온 이웃에 의해 반쯤 질식한 잔디의 겹에 질린 풀잎들과 작은 흙덩이들도 함께 들어 올려야 할 것이다. 그런 다음 뿌리를 내리거나 씨앗을 뿌릴 수 없는 곳에 침입자를 버려야 할 것이다. 잡초를 뽑기 시작하면 곧바로 조금 저쪽에서 또 다른 잡초가 여기저기 솟아나는 것을 보게 된다. 얼마 지나지 않아 약간의 손질만 필요해 보이던 잔디 카펫의 끝자락이 무법천지의 정글로 드러난다.

잡초만 남아 있는가? 상황은 그보다 더 나쁘다. 나쁜 풀이 좋은 풀과 어찌나 빽빽하게 뒤섞였는지 그 가운데로 손을 집어넣어 뽑아낼 수도 없다. 마치 씨를 뿌린 풀과 야생 풀 사이에 공모가 합의된 것 같고, 출생의 불평등에 의해 부과된 장벽이 무너지고, 관용이 퇴락에 체념한 것 같다. 일부 자생하는 풀은 그 자체로는 전혀 유해하거나 위험해 보이지 않는다. 이들도 잔디밭에 속하는 풀들의 무리에 받아들여져 경작된 풀들의 공동체에 통합될 권리가 있지 않을까? 그것은 '영국 스타일의 잔디밭'을 잊고 '시골 풀밭'으로 되돌아가게 하는 길이다. '조만간 선택해야 할 거야.' 팔로마르는 생각한다. 하지만 명예를 지키지 못하는 느낌이다. 치커리 하나, 서양지치 하나가 그의 시야에 잡힌다. 그는 그것을 뽑아낸다.

물론 여기저기에서 잡초를 뽑아내는 것으로는 아무것도 해결하지 못한다. 그러니까 이렇게 진행해야 해. 그는 생각한다. 한 변을 1미터로 하는 잔디밭 1제곱미터를 정하고 토끼풀, 아욱메풀, 호밀풀 외에는 아무리 작은 존재라도 깨끗이 없애는 거야. 그런 다음 다른 1제곱미터로 넘어가는 거지. 아니야. 그냥 표본 1제곱미터에서 멈춰야 해. 그리고 얼마나 많은 풀이 있는지 헤아리고, 어떤 종류인지, 얼마나 빽빽한지, 어떻게 분포되어 있는지 파악하는 거야. 그런 식으로 계산을 하다 보면 잔디밭의 통계적 지식에 도달할 것이고, 그것이 정해지면…….

하지만 풀들을 헤아리는 것은 불필요한 일일뿐더러 절대 그 수도 알 수 없을 것이다. 잔디밭에는 뚜렷한 경계선이 없다. 가장자리 한쪽에는 풀이 자라지 않지만, 조금 저쪽에 풀잎 몇 개가 흩어져 솟아나 있고, 그리고 빽빽한 녹색 한 무더기도 있고, 그보다 듬성듬성하게 늘어선 곳도 있다. 그곳들은 아직 잔디밭에 속하는가, 아닌가? 다른 곳에는 관목이 잔디밭에 들어와 있어 무엇이 잔디밭이고 무엇이 관목인지 말할 수 없을 정도이다. 하지만 풀만 있는 곳에서도 어느 지점에서 헤아림을 멈춰야 할지는 도무지 알 수 없다. 자그마한 풀과 풀 사이에는 언제나 작은 풀잎의 새싹이 있는데, 거기에는 땅 위로 겨우 드러나 있고 거의 보이지도 않는 하얀 털이 뿌리로 달려 있다. 조금 전에는 무시할 수 있었지만 잠시 후에는 그것도 헤아려야 할 것이다. 그동안 조금 전만 해도 약간 노랗게 보였는데 이제는 완전히 말라 버린 것들을 헤아린 숫자에서 제외해야 하기도 한다. 그리고 풀잎 조각들이 있는데, 중간에서 잘린 것 또는 땅 가까이에서 잘린 것 또는 잎맥을 따라 쪼개진 것도 있고, 열편(裂片) 하나가 떨어진 작은 잎들도 있다……. 소수(小數)들은 합쳐져도 정수(整數)가 되지 않고, 미세한 풀들의 황폐함만 남는데, 일부는 아직 살아 있고 일부는 이미 질척하게 부패하여 다른 식물들의 영양소, 부식토가 된다…….

잔디밭은 풀들의 집합이다.(문제는 이렇게 제기되어야 한다.) 그리고 그 안에는 재배된 풀들의 하위 집합과 잡초라 일컬어지는 자생 풀들의 하위 집합이 포함된다. 그 두 하위 집합의 교차는 자생적으로 태어났지만 재배된 종류에 속하고 따라서 그것과 구별될 수 없는 풀들로 구성된다. 두 하위 집합은 각기 나름대로 다양한 종을 포함하고, 그 종 각각은 하나의 하위 집합이거나, 아니면 보다 정확히 말하자면 잔디밭에 속하면서 고유한 자기 구성원들의 하위 집합과, 잔디밭에 이방인들의 하위 집합을 포함하는 집합이다. 바람이 분다. 씨앗과 꽃가루 들이 날아오르고, 집합들 사이의 관계는 혼란스러워진다…….

팔로마르는 벌써 다른 생각들의 흐름으로 넘어갔다. 우리가 보는 것은 '잔디밭'인가, 아니면 풀 하나 더하기 풀 하나 더하기 풀 하나…… 같은 것인가? 우리가 "잔디밭을 본다."라고 말하는 것은 개략적이고 조잡한 감각의 효과일 뿐이다. 하나의 집합은 구별되는 요소들에 의해 형성된 것으로만 존재한다. 그것들을 헤아릴 필요는 없다. 숫자는 중요하지 않다. 중요한 것은 단 한 번의 눈길로 그 작은 개별 식물 하나하나를 고유한 특수성과 차이와 함께 포착하는 것이다. 그리고 보는 데서 그치지 말고 생각해야 한다. '잔디밭'이 아니라 토끼풀 잎사귀 두 개가 달린 그 잎자루, 약간 구부러진 그 피침형 잎사귀, 그 섬세한 산방꽃차례…… 등을.

팔로마르는 마음이 산만해져 더 이상 잡초를 뽑지도 잔디밭을 생각하지도 않는다. 그는 우주를 생각한다. 잔디밭에 대해 생각한 것을 우주 전체에 적용해 보려고 한다. 규칙적이고 질서 정연한 코스모스로서의 우주, 또는 혼돈의 확산으로서의 우주에 말이다. 아마 유한하지만 헤아릴 수 없고, 그 경계선들이 불안정하고, 자체 안에서 다른 우주들을 펼칠 우주에. 천체, 성운, 먼지, 힘의 장(場), 장들의 교차, 집합들의 집합일 우주에…….

# 1.3. 팔로마르 하늘을 바라보다

## 1.3.1. 오후의 달

오후의 달은 아무도 바라보지 않는다. 우리의 관심이 더욱 필요한 순간이다. 그 존재는 아직 불확실한 상태이기 때문이다. 햇살 가득한 강렬한 파란색 하늘을 배경으로 나타나는 희끄무레한 그림자이다. 이번에도 형태와 광채를 띠리라고 그 누가 보장하겠는가? 그것은 너무나 연약하고 창백하고 섬세하다. 한쪽만 낫의 아치처럼 뚜렷한 윤곽을 얻기 시작하고, 나머지는 아직 완전히 하늘빛에 젖어 있다. 마치 투명한 제병(祭餠)이나 반쯤 녹은 알약 같기도 하다. 다만 여기에서 하얀 원은 용해되는 중이 아니라, 푸르스름한 잿빛 그림자와 얼룩을 희생시키면서 압축되고 집중되는 중이다. 그 얼룩이 달의 지리에 속하는 것인지, 아니면 해면처럼 구멍 많은 위성을 아직 적시고 있는 하늘의 타액(唾液) 자국인지 알 수 없다.

이 단계에서 하늘은 아직 매우 견고하고 확고한 상태이며 그 팽팽하고 지속적인 표면에서 둥글고 희끄무레한 형태가 떨어져 나오는 것인지, 아니면 반대로 배경 조직의 부식, 둥근 지붕의 균열, 배경의 허무를 향해 펼쳐지는 틈새인지 알 수 없다. 불확실함은 형상의 불규칙성에 의해 더욱 강조되는데, 한쪽에서는 두드러진 형체를 띠고 있고(기우는 태양의 햇살이 더 많이 도달하는 곳이다.) 다른 쪽에서는 일종의 반그늘 상태로 머뭇거린다. 그리고 두 구역 사이의 경계선은 뚜렷하지 않기 때문에, 거기에서 나타나는 효과는 풍경화에서 보는 고체의 효과가 아니라, 차라리 달력의 조그마한 달 그림, 검은 원 안에서 하얀 윤곽이 두드러져 보이는 그런 그림 같은 효과이다. 이에 대해서는 어떤 식으로도 이의를 제기할 수 없을 것이다. 만약 보름달이나 보름달에 가까운 달이 아니라 상현달이라면 말이다. 실제로 하늘과의 대비가 더 두드러지고 그 주위가 동쪽 가장자리에 약간의 일그러짐과 함께 더욱 뚜렷하게 그려짐에 따라 그것은 명백해진다.

하늘의 파란색이 뒤이어서 옅은 청자색으로, 보라색으로(햇살이 붉은색으로 바뀌었다.) 그리고 잿빛과 베이지 색으로 바뀌었다는 것을 말해야겠다. 그리고 매번 달의 하얀색은 더욱 단호하게 밖으로 드러나도록 추진력을 얻었고, 그 내부에서 가장 밝은 부분은 원반 전체를 뒤덮을 정도로 확장되었다. 마치 달이 한 달 동안에 거치는 단계들을 보름달이나 보름달에 가까운 달의 내부에서, 달돋이와 달넘이 사이의 시간에 다시 거치는 것 같다. 다만 둥근 형태가 모두 눈에 보이느냐 안 보이느냐의 차이가 있을 뿐이다. 원의 가운데에는 언제나 반점들이 있다. 아니, 그 명암은 나머지의 밝기와 비례하여 더욱 두드러지지만, 이제 의심할 바 없이 달은 마치 그것을 얼룩이나 멍처럼 언제나 갖고 다닌다. 더 이상 그것을 배경 하늘의 투명함으로, 형체 없는 달-유령의 망토에 생긴 찢어짐으로 간주할 수 없다.

그런데 그런 뚜렷해짐과 광채(우리는 그렇게 말할 수 있다.)가 멀어질수록 더욱 어둠 속으로 잠기는 하늘의 느린 물러남에 의한 것인지, 아니면 반대로 달이 처음에는 주위에 흩어져 있던 빛을 모으면서, 또 하늘의 빛을 빼앗아 자신의 둥근 깔때기 입안으로 모두 집중시키면서 서서히 앞으로 나오고 있는 것인지는 아직 불확실하다.

그리고 특히 그런 변화로 인해 그동안 달이 하늘에서 서쪽을 향해, 또 위를 향해 나아가면서 이동하고 있다는 사실을 잊지 말아야 한다. 달은 눈에 보이는 우주의 천체 중에서 가장 변화무쌍하며, 자신의 복잡한 습관에 가장 규칙적이다. 약속을 절대 어기지 않으며 언제나 약속 장소에서 기다릴 수 있지만, 어느 한 장소에 있는가 싶으면 언제나 다른 곳에서 발견되고, 특정 방식으로 돌린 얼굴을 기억하고 있다면 많든 적든 벌써 자세를 바꾸고 있다. 어쨌든 한 걸음씩 그 뒤를 따르다 보면 감지할 수 없게 달아나고 있음을 깨닫게 된다. 다만 구름이 개입하여 빠르게 달려가고 변신한다는 착각을 하게 할 뿐이다. 정확히 말해 시야에서 벗어나고 있음을 분명하게 보여 준다.

구름이 달려가고, 잿빛에서 우윳빛으로 빛을 발하고, 그 뒤에서 하늘은 검게 변하고, 밤이 된다. 별들이 빛나자, 달은 날아가는 크고 눈부신 거울이 된다. 누가 거기에서 몇 시간 전의 모습을 알아볼 것인가? 이제는 눈부신 호수가 되어 온 사방에 빛살을 뿌리고, 어둠 속에서 차가운 은빛 후광으로 넘치고, 밤 여행자들의 길에다 하얀빛을 흠뻑 비춘다.

분명히 겨울 보름달의 찬란한 밤이 시작되는 시간이다. 여기에서 달이 더 이상 자신을 필요로 하지 않는다고 확신한 팔로마르는 집으로 돌아간다.

### 1.3.2. 눈과 행성

팔로마르는 올해 4월 한 달 동안은 근시에다 난시인 자신도 맨눈으로 '충(衝)[2]에' 자리한 '외부' 행성 세 개를 모두 볼 수 있다는 것을 알고 서둘러 테라스로 나간다.

보름달 덕분에 하늘이 밝다. 하얀빛이 넘치는 커다란 달의 거울 옆에서도 화성은 완강한 광채를 발하며 당당하게 앞으로 나선다. 그 걸쭉하고 짙은 노란색은 빨간색이라 불러야 할 만큼 창공의 다른 모든 노란색과 구별된다. 영감의 순간에는 정말 빨간색으로 보이기도 한다.

시선을 아래로 낮춰 동쪽으로 레굴루스와 스피카[3]를 연결하는(하지만 스피카는 거의 보이지 않는다.) 상상의 아치를 따라가면, 희고 차가운 빛 덕분에 쉽게 구별되는 토성을 만날 수 있고, 여기서 더 아래로 시선을 돌리면 가장 빛나는 순간에 초록빛을 띠는 활기찬 노란색의 목성을 볼 수 있다. 동쪽으로 조금 더 위쪽에서 도전하듯 빛나는 아르크투루스[4]를 제외하면 주위의 별들은 모두 창백하다.

이런 행성의 삼중 충을 더욱 제대로 즐기기 위해서는 망원경을

---

[2] 행성과 태양이 지구를 사이에 두고 정반대 위치에 있는 것을 가리키는 말이다.

[3] 레굴루스는 사자자리의 알파별, 즉 가장 밝은 별이고, 스피카는 처녀자리의 알파별이다.

[4] 목동자리의 알파별.

구비해야 한다. 팔로마르는 유명한 천문대와 이름이 같아서인지 천문학자들과 약간의 우정을 자랑하고 있으며, 덕분에 구경 15센티미터 망원경의 접안렌즈에 코를 갖다 댈 수 있었다. 과학적 탐구를 하기에는 턱없이 작지만 그의 안경과 비교하면 엄청나게 큰 망원경이다.

화성은 맨눈으로 볼 때보다 망원경으로 볼 때 좀 더 당혹스럽다. 마치 우물거리고 콜록거리는 대화처럼, 전달해야 할 것들은 많은데 그중에서 일부에만 초점을 맞추는 느낌이다. 주홍색 후광이 가장자리 주위로 솟아 있지만, 나사를 조절하면 후광은 지우고 아래쪽 극(極)의 얼음 껍질은 두드러지게 할 수 있다. 표면에서는 얼룩들이 마치 구름이나 구름 사이의 틈새처럼 나타났다가 사라지곤 한다. 그중 하나가 오스트레일리아의 위치와 형태로 안정되고, 팔로마르는 렌즈의 초점을 잘 맞추면 그 오스트레일리아를 더 뚜렷하게 볼 수 있다고 확신하지만, 동시에 자신이 보았다고 생각하거나 보아야 한다고 느꼈던 것들의 그림자를 놓치고 있음을 깨닫는다.

간단히 말해 화성이 스키아파렐리[5] 이후 수많은 것들이 이야기되면서 환상과 실망을 교대로 유발시킨 행성이라면, 그것과의 관계는 마치 성격이 까다로워 친해지기기 어려운 사람과의 관계와 같다고 할 수 있다.(만약 성격의 까다로움이 전적으로 팔로마르 쪽의 문제가 아니라면 말이다. 소용없는 일이지만 그는 천체들 사이로 도피함으로써 주관성에서 달아나려고 노력한다.)

하지만 토성과의 관계는 완전히 반대다. 토성은 망원경으로 볼 때 더 감동을 주는 행성이다. 아주 산뜻하고 새하얀 데다 고리와 구

5 Giovanni Virginio Schiaparelli(1835~1910). 이탈리아 천문학자이며 과학사학자로 특히 화성에 대한 연구로 유명하다.

의 윤곽이 정확하다. 표면에 평행의 가벼운 줄무늬가 있고, 더 어두운 원주가 고리의 가장자리를 분리시키고 있다. 이 망원경은 다른 세부 사항들을 거의 포착하지 못하고, 대상의 기하학적 추상 개념을 강조한다. 극단적인 거리감 역시 완화되기는커녕 맨눈으로 볼 때보다 더 강조된다.

다른 모든 대상과 그렇게 다른 대상, 너무나 이상한 데다 너무나도 단순하고 규칙적이고 조화로운 형상이 하늘에서 돌고 있다는 사실에 팔로마르는 눈과 생각이 즐겁다.

그는 생각한다. '만약 내가 지금 보는 것처럼 고대인들이 볼 수 있었다면, 플라톤은 이데아들의 하늘을, 유클리드는 원리들의 비물질적 공간을 보았다고 믿었겠지. 그런데 어떤 실수 때문인지 모르지만 이 모습이 나에게 이르렀어. 나는 그것이 사실이라기에는 너무 아름답고, 현실 세계에 속한다기에는 내 상상의 우주가 너무 즐거운 것이 아닌지 두려워. 하지만 어쩌면 감각에 대한 이러한 불신이 바로 우주 안에서 우리가 편안함을 느끼는 걸 방해하는지도 몰라. 나에게 제시해야 할 첫 번째 규칙은 아마 이런 걸 거야. 내가 보는 것에 매달려라.'

이제 그의 눈에 고리 또는 고리 안의 행성은 약간 흔들리는 것처럼, 또 고리와 행성은 각자 스스로 회전하는 것처럼 보인다. 사실 흔들리는 것은 팔로마르의 머리이다. 망원경의 접안렌즈에 시선을 고정하기 위해 목을 비튼 채 있어야 하기 때문이다. 하지만 그는 자연의 진리와 마찬가지로 자신의 기대와 일치하는 그런 환상을 스스로 부정하지 않으려고 조심한다.

토성은 정말로 그렇다. 보이저 2호[6]의 탐사 이후 팔로마르는 고리에 대해 기록된 것을 모두 읽었다. 고리는 미세 먼지나 심연에서 분리된 얼음 덩어리로 만들어졌다고 했고, 고리들 사이의 간극은, 마치 양 떼를 빽빽하게 유지하려고 그 주변을 달리는 양치기 개처럼, 위성이 물질을 휩쓸어 양쪽에 쌓아 놓은 고랑이라고 했다. 또한 뒤섞인 고리들은 훨씬 섬세하고 단순한 원들로 드러났으며, 바퀴살처럼 배치된 불투명한 선들은 얼음 구름으로 확인되었다는 사실도 알게 되었다. 하지만 새로운 소식들은 1676년 조반니 도메니코 카시니[7]가 자신의 이름을 딴 고리들 사이의 간극을 발견하면서 처음 본 본질적 형상을 부정하지 않았다.

이런 기회에 팔로마르처럼 근면한 사람이 백과사전과 참고서의 자료를 접하는 것은 자연스러운 일이다. 언제나 새로운 대상인 토성은 이제 그의 시선 앞에서 최초 발견이라는 경이로움을 되살려 주고, 갈릴레이가 흐릿한 자기 망원경으로 그에 대해 삼중 몸체 또는 손잡이 두 개가 달린 구체라는 혼란스러운 관념만 형성했다가 어떻게 이루어졌는지 깨닫게 되었을 무렵에는 완전히 시력을 잃어 어둠 속에 떨어지게 된 안타까움을 일깨워 준다.

빛나는 물체를 너무 오래 응시하면 눈이 피로해진다. 팔로마르는 눈을 감고 목성으로 넘어간다.

거대하지만 무겁지 않은 크기로, 목성은 적도의 줄무늬 두 개를

6 1977년 8월 20일 발사된 미국의 태양계 탐사 우주선으로 1981년 토성을 지나갔다.

7 Giovanni Domenico Cassini(1625~1712). 이탈리아 출신이지만 프랑스로 귀화한 천문학자로 프랑스어 이름은 장도미니크 카시니(Jean-Dominique Cassini)이다. 특히 토성 고리들 사이의 간극(소위 '카시니 간극')과 위성들을 발견했다.

과시한다. 꼬인 자수로 장식된 목도리 같은 그것은 하늘빛이 도는 녹색을 띠고 있다. 거대한 대기 폭풍들의 효과가 침착하고 평온하고 정돈된 그림으로 정교하게 전환된다. 하지만 이 사치스러운 행성의 진정한 화려함은 보석이 박힌 홀(笏)처럼 빛나는 위성들이다. 지금은 비스듬한 직선을 따라 네 개가 모두 보인다.

갈릴레이가 발견하여 "메디치의 별들"이라 불렀으며, 얼마 후 네덜란드 천문학자에 의해 오비디우스[8]의 이름들인 이오, 에우로페, 가니메데, 칼리스토로 명명된 목성의 위성들은, 천구의 냉정한 질서가 바로 자신들을 발견한 자에 의해 무너졌음을 모른다는 듯, 신플라톤주의 르네상스의 마지막 광채를 발하는 것 같다.

고전 세계의 꿈이 목성을 감싸고 있다. 망원경으로 목성을 응시하면서 팔로마르는 장엄한 변용을 기다린다. 하지만 그 모습을 뚜렷하게 유지할 수는 없다. 잠시 눈을 감고, 어질어질한 눈동자가 윤곽과 색깔, 그림자를 다시 정확하게 지각할 수 있도록 두어야 한다. 하지만 상상력이 자기 것이 아닌 옷들을 벗고, 책에서 얻은 지식을 과시하지 않도록 놔둘 필요도 있다.

상상력이 시력의 약함을 돕는 게 사실이라면, 그것은 불붙이는 시선처럼 즉각적이고 직접적이어야 한다. 그의 머릿속에 떠올랐지만 부적당하다 여겨 쫓아냈던 첫 번째 닮은꼴은 무엇이었는가? 그는 바로 줄무늬가 있는 빛나는 심연의 둥근 물고기가 아가미에서 뿜어내는 공기 방울처럼 나란히 늘어선 위성들과 함께 출렁이는 목성을 보

---

8 Publius Naso Ovidius(기원전 43~서기 17). 로마 시대의 시인. 고전 신화를 토대로 한 대표작 『변신 이야기』를 남겼다. 뒤이어 나오는 이오, 에우로페, 가니메데, 칼리스토는 모두 고전 신화의 인물들로 『변신 이야기』에서 그들과 관련된 일화들이 이야기된다.

았던 것이다…….

다음 날 밤 팔로마르는 맨눈으로 행성들을 보기 위해 테라스로 다시 나간다. 커다란 차이는 여기에서는 행성, 사방으로 어두운 공간에 흩어진 창공의 나머지 부분, 그리고 바라보는 자신 사이의 비율을 고려해야 한다는 것인데, 만약 관계가 렌즈에 의해 초점이 맞춰진 분리된 대상인 행성과 주체인 자신 사이의 환상적인 맞대면이라면 그러지 않아도 된다. 동시에 그는 어젯밤에 본 각 행성의 세부적인 모습을 기억하고 있으며, 하늘에 구멍을 뚫고 있는 그 작은 빛의 점 안에다 그것을 집어넣으려고 노력하고 있다. 그럼으로써 정말로 그 행성을, 아니면 최소한 그 행성에서 볼 수 있는 것을 자신이 소유하고자 한다.

### 1.3.3. 별들의 관조

별들이 아름답게 빛나는 밤이면 팔로마르는 이렇게 말한다. "별들을 보러 '가야 해.'" 정확히 "가야 해."라고 말한다. 낭비를 싫어하는 그는, 자기가 얼마든지 볼 수 있는 그 엄청나게 많은 별들을 낭비하는 것이 옳지 않다고 생각한다. 물론 별을 관찰하는 방법에 대한 실천적 지식이 많지 않은 그로서는 그 단순한 행동을 하는 데에도 언제나 상당한 노력이 필요하다.

첫 번째 어려움은 장애물도 없고 전기 조명의 침입도 없이 둥근 하늘 전체를 눈으로 두루 볼 수 있는 장소를 찾는 것이다. 예를 들면

해안이 아주 낮은 한적한 바닷가 같은 곳 말이다.

또 하나 필요한 조건은 천문 지도를 갖고 다니는 것이다. 지도가 없으면 무엇을 보는지를 알 수가 없다. 매번 그는 어떻게 방향을 잡아야 할지 잊어버리고, 따라서 먼저 반 시간 동안 연구를 해야 한다. 어둠 속에서 지도를 해독하기 위해서는 휴대용 작은 손전등도 갖고 다녀야 한다. 하늘과 지도를 대조하기 위해 자주 손전등을 켰다 껐다 해야 하는데, 그렇게 빛에서 어둠으로 넘어갈 때면 거의 눈이 멀다시피 하여 매번 시력을 재조절해야 한다.

만약 팔로마르가 망원경을 사용한다면 어떤 면에서는 상황이 더 복잡해질 수도 있고, 또 어떤 면에서는 더 단순해질 수도 있다. 하지만 하늘에 대한 경험으로 지금 그의 관심을 끄는 것은 옛날 항해자들이나 유랑하는 목동들처럼 맨눈으로 보는 것이다. 근시인 그에게 맨눈이란 안경을 의미한다. 그리고 지도를 읽기 위해서는 안경을 벗어야 하기 때문에, 그렇게 이마 위로 안경을 올렸다 내렸다 함으로써 작업은 더욱 복잡해지고, 그의 수정체가 진짜 별이나 지도의 별에 초점을 맞출 때까지 몇 초씩 기다려야 한다. 지도에서 별들의 이름은 파란 바탕에 검은색으로 적혀 있고, 따라서 이름을 찾으려면 손전등을 바로 종이 위에 갖다 대야 한다. 시선을 하늘로 올리면, 하늘은 희미한 빛들이 흩어진 검은색으로 보인다. 아주 서서히 별들이 고정되고 정확한 그림으로 배치되며, 바라볼수록 별들은 더 많이 나타난다.

그가 참조해야 하는 천문 지도는 두 개, 아니, 네 개라는 점을 덧붙여야겠다. 하나는 그 달의 하늘을 개괄한 지도로, 그것은 북반구의 하늘과 남반구의 하늘을 분리해서 제공한다. 또 하나는 창공 전체를 훨씬 상세히 기록한 지도로 지평선 근처 하늘의 가운데 부분에 대해 한 해 전체의 별자리를 기다란 띠로 보여 주는 대신, 북극성 주위 하늘의 별자리는 원형의 부속 지도에 포함시킨다. 간단히 말해 별 하나의 위치를 찾기 위해서는 여러 가지 지도와 하늘을 대조해야 하고, 그와 관련된 행동이 모두 수반되어야 한다. 말하자면 안경을 들어 올렸다가 내리고, 손전등을 켰다가 끄고, 커다란 지도를 펼쳤다가 다시 접고, 기준점들을 잃었다가 다시 찾아야 하는 것이다.

팔로마르가 별을 마지막으로 본 이후로 몇 주 또는 몇 달이 흘렀다. 그새 하늘은 완전히 바뀌었다. 큰곰자리는(8월이다.) 북서쪽 나무들의 우듬지 위에 웅크린 듯 펼쳐지고, 아르크투루스는 목동자리의 연(鳶) 모양 전체를 이끌고 언덕의 옆모습 위로 곤두박질하고 있으며, 정확히 서쪽에는 베가[9]가 외롭게 높이 떠 있다. 저것이 베가라면 저기 바다 위의 별은 알타이르[10]일 것이고, 저 위에 천정에서 차가운 빛을 내뿜는 것은 데네브[11]일 것이다.

오늘 밤 하늘은 그 어떤 지도보다도 훨씬 혼잡해 보인다. 도식적인 별자리들이 실제로는 더 복잡하고 덜 뚜렷한 모습으로 드러난다. 모든 별의 무리가 바로 찾고 있는 삼각형이나 끊어진 직선을 담고 있을 수 있고, 특정한 별자리로 눈을 들 때마다 약간씩 다르게 보인다.

별자리를 확인하는 가장 확실한 방법은 그 이름을 부를 때 어떻게 대답하는지 보는 것이다. 거리와 형태를 지도에 표시된 것과 맞춰 보는 것보다 더 설득력 있는 것은, 바로 이름을 불렀을 때 그 빛나는

**9** 거문고자리의 알파별로 우리나라에서는 '직녀성(織女星)'이라 부른다.

**10** 독수리자리의 알파별.

**11** 백조자리의 알파별.

점이 보이는 반응, 그 소리와 일체를 이루면서 확인되는 신속함이다. 신화에 대해 모르는 사람에게는 별들의 이름이 안 어울려 보이거나 자의적으로 보일 수도 있지만, 그래도 바꿀 수 있는 것으로 간주되지는 않는다. 찾아낸 이름이 정확할 때 팔로마르는 그 사실을 곧바로 깨달을 수 있다. 왜냐하면 그 이름은 별에다 이전에 갖고 있지 않던 증거와 필요성을 부여하기 때문이다. 반면에 잘못된 이름이라면 잠시 후 별은 떨쳐 내는 것처럼 그 이름을 상실하고, 어디에 있었는지 또 어떤 것이었는지 더 이상 알 수 없다.

팔로마르는 여러 번 자신이 사랑하는 머리털자리가 뱀주인자리 쪽에서 빛나는 별들의 이 무리 또는 저 무리라고 생각한다. 하지만 그렇게 화려하면서도 그렇게 가벼운 그 대상을 확인하면서 예전에 느꼈던 감동을 다시 느끼지는 못한다. 나중에야 머리털자리가 여름에는 보이지 않기 때문에 찾을 수 없다는 것을 알게 된다.

하늘의 넓은 부분을, 빛나는 얼룩과 줄 들이 가로지른다. 8월이면 은하수는 빽빽하게 차 있는 듯 보인다. 강바닥부터 넘친다고 할 수 있을 정도이다. 밝은 곳과 어두운 곳이 뒤섞여 있기 때문에, 공허하고 요원한 거리감을 배경으로 별이 아주 두드러지게 보이는 검은 심연의 전망 효과를 방해한다. 반짝임과 은빛 구름과 어둠, 그 모든 것이 같은 평면 위에 있다.

팔로마르가 불필요한 분규와 혼란스러운 추정으로 가득한 지구에서 벗어나기 위해 여러 번 지향하고 싶었던 천체 공간의 정확한 모습이 이것이었던가? 별들이 가득한 하늘과 마주하고 있으면 정말로 모든 것이 빠져나가는 느낌이다. 자신이 아주 예민하다고 믿었던 것, 무한한 거리감과 비교하면 조그마한 우리의 세계는 직접적으로 드러나지 않는다. 창공은 저 위에 있으며, 있다는 것이 눈에 보이지만 그 거리나 차원에 대해서는 어떤 관념도 이끌어 낼 수 없다.

만약 빛나는 것들이 불확실함으로 가득하다면 하늘의 황량한 구역들인 어둠에 의지하는 수밖에 없다. 무(無)보다 안정적인 것이 무엇이겠는가? 하지만 무에 대해서도 완전히 확신할 수 없다. 팔로마르는 창공의 빈터, 검고 텅 빈 틈새 안에 자신을 투영하듯이 시선을 고정한다. 그러자 그 한가운데에서 밝은 알갱이 또는 작은 얼룩 또는 반점이 형태를 드러낸다. 하지만 그는 정말로 그것이 있는지, 아니면 단순히 본 것 같은 것인지 확신할 수 없다. 어쩌면 눈을 감고 있으면 보이는, 부유하는 희미한 빛일 수도 있다.(하늘은 뒤집어진 눈꺼풀에 눈 속의 섬광들이 흩어진 것과 같다.) 어쩌면 자기 안경의 반사광일지도 모른다. 머나먼 심연에서 나타나는 미지의 별일 수도 있다.

그러한 관찰은 불안정하고 모순적인 지식을 전달하는데, 그것은 고대인들이 별들에서 이끌어 낸 것과는 정반대라고 팔로마르는 생각한다. 자신과 하늘의 관계가 평온한 습관이 아니라 간헐적이고 동요하는 관계이기 때문일까? 만약 몇 년에 걸쳐 매일 밤 별자리를 바라보고, 어두운 하늘의 굽이진 길을 따라 흐르고 또 흐르는 것을 계속 추적한다면, 아마 결국에는 그도 지상 사건들의 단편적이고 무상한 시간에서 벗어나 지속적인 불변의 시간이라는 개념을 얻게 될 것이다. 하지만 천체의 회전에 대한 관심만으로 그의 내부에 그런 흔적이 충분히 새겨질까? 아니면, 특히 그가 자신의 감정과 마음의 리듬에 대한 예민한 효과를 상상할 수 없으면서 단지 이론적으로만 추정할 수 있는 것으로 어떤 내면적 전환이 필요하지 않을까?

별들과 관련된 신화에 대해 그가 가진 지식이라곤 일부 피곤하고 희미한 인식뿐이다. 과학적 지식 역시 언론을 통해 유포된 메아리가 전부다. 그는 자신이 아는 것은 불신하고, 모르는 것은 유보하는 입장이다. 불안감과 압박감을 느낀 그는 갈아탈 기차를 찾으려고 기차 시간표를 훑어보듯, 천체 지도들을 보면서 신경을 곤두세운다.

저편에 빛나는 화살 하나가 하늘을 가로지른다. 유성일까? 요즈음은 밤에 유성이 자주 보인다. 하지만 조명을 밝힌 노선 비행기일 수도 있다. 팔로마르의 시선은 모든 확실함에서 벗어나 유동적이고 활동적이다.

반 시간 전부터 어두운 해변에서 접이의자에 앉아 남쪽이나 북쪽으로 몸을 비틀고, 이따금 손전등을 켜고, 무릎 위에 펼쳐 놓은 지도를 코앞에 갖다 대고, 그런 다음 고개를 돌리고 북극성부터 출발하여 다시 탐험을 한다.

조용한 그림자들이 모래사장에서 움직이고 있다. 모래 둔덕에서 나오는 연인 한 쌍과 밤에 일하는 어부, 세관원, 뱃사람이다. 팔로마르는 수군거리는 소리를 듣는다. 주위를 둘러본다. 몇 걸음 옆에서 사람들 한 무리가 미치광이의 발작 같은 그의 움직임을 바라보고 있다.

# 2 도시의 팔로마르

# 2.1. 테라스의 팔로마르

## 2.1.1. 테라스에서

"훠이! 훠이!" 팔로마르가 비둘기들을 쫓으려고 테라스로 달려간다. 비둘기들은 가자니아 잎을 먹고, 다육 식물을 부리로 쪼고, 초롱꽃의 늘어진 줄기에 발톱으로 매달리고, 블랙베리를 먹고, 부엌 옆 상자에 심어 놓은 파슬리 잎을 하나하나 먹어 치우고, 자신들이 날아온 목적은 오로지 파괴라는 듯 화분을 파헤치고 긁어내 흙을 밖으로 쏟고 뿌리를 드러나게 한다. 한때 광장 위를 날며 즐거움을 주던 비둘기들에 이어 퇴락하고 지저분하고 부패한 후손이 나타났는데, 그것은 길들여진 것도 아니고 야생도 아닌 채로 공공 제도에 통합되었고 그렇기 때문에 없앨 수도 없다. 도시 로마의 하늘은 얼마 전부터 그 깃털 달린 룸펜들이 장악했다. 그들은 주변에 있는 다른 모든 새의 삶을 힘들게 만들고, 그 단조롭고 깃털 빠진 납빛 회색 제복과 함께 한때 자유롭고 다양했던 허공의 왕국을 억압하고 있다.

지하의 쥐들 무리와 비둘기들의 심각한 비행 사이에 끼인 오래된 도시는 위아래로 침식당하면서, 마치 외부 적들의 공격이 아니라 고유한 내면적 본질의 어둡고 타고난 충동이라도 인정하듯, 과거 야만인들이 침입했을 때처럼 저항조차 하지 않는다.

로마는 많은 영혼들 중 하나인 또 다른 영혼을 갖고 있는데, 그것은 옛날의 돌들과 언제나 새로운 식물군 사이의 조화 속에 살면서 태양의 혜택을 공유한다. 그런 멋진 환경적 성향 또는 게니우스 로키[12]에 부응하듯 팔로마르 가족의 테라스, 그 지붕 아래의 비밀 섬은 고유의 덩굴시렁 아래 바빌론의 공중 정원이 마음껏 번창하기를 꿈꾼다.

테라스의 번성은 모든 가족 구성원의 욕망에 부응하지만, 특히 팔로마르 부인은 내면적 동일화를 통해 선택하여 고유의 것으로 만들고, 따라서 다양한 변이들로부터 하나의 집합, 하나의 상징적 컬렉션을 형성하는 개별적인 것들에 대한 관심을 식물들에게 기울이는 것이 자연스럽다고 생각한다. 반면 다른 가족에게는 그런 정신적 차원이 결여되어 있다. 딸은 젊음의 시기를 보내느라 그것뿐 아니라 더 너머의 것에도 집중해야 하고, 남편은 젊은 시절의 초조함에서는 벗어났으나(이론적으로만) 유일한 구원은 옆에 있는 사물에 집중하는 것이라는 사실을 너무 늦게 깨달았기 때문이다.

경작자에게 중요한 것은 주어진 식물, 몇 시부터 몇 시까지 햇볕에 노출되는 주어진 땅 조각, 주어진 처리로 제시간에 퇴치해야 하는

---

**12** Genius loci. 고대 로마의 종교에서 특정 장소를 수호하는 정령 또는 초자연적 존재를 가리키는 라틴어.

잎의 질병 등인데, 그의 관심사는 산업의 과정을 모델로 하는, 말하자면 일반적 경향과 표본을 토대로 결정해야 하는 사고방식과는 다르다. 팔로마르는 정확함과 보편적 규범을 발견할 것으로 믿었던 세상의 기준들이 얼마나 개략적이고 오류의 개연성이 많은지 깨닫고는, 눈에 보이는 형식을 관찰하는 것에 그치던 세상과의 관계를 서서히 다시 형성하기 시작했다. 하지만 그의 성향은 그대로다. 사물에 대한 그의 집착은 존재하지 않는 다른 무엇을 생각하는 일에 몰두한 사람의 그것처럼 불안정하고 간헐적인 모습으로 남아 있다. 그는 이따금 달려가 "훠이! 훠이!" 비둘기들을 쫓아내고 인간 본연의 영토 방어 감정을 내면에 일깨우면서 테라스의 번성에 힘을 보탠다.

만약 테라스에 비둘기가 아닌 다른 새들이 날아와 앉는다면, 팔로마르는 쫓아내기는커녕 오히려 환영할 것이며, 그들의 부리에 의해 야기될 피해를 눈감아 주면서 우호적인 신의 메시지로 간주할 것이다. 그렇지만 그런 새들이 출현하는 일은 드물다. 언젠가 까마귀 한 무리가 다가와 하늘에 검은 점들을 찍으면서 즐거움과 생명력의 느낌을 확산시켰다.(세월이 흐르면서 신들의 언어도 바뀌었다.) 그런 다음 친절하고 재치 있는 지빠귀 몇 마리가 왔고, 한번은 꼬까울새가 왔고, 참새들이 언제나처럼 익명의 나그네 역할을 했다. 도시 위로 지나가는 다른 새들의 존재는 멀리서나 관찰될 뿐이다. 가을에는 철새 무리가 지나가고, 여름에는 유럽칼새들과 흰턱제비들의 곡예가 펼쳐진다. 이따금 하얀 갈매기가 기다란 날개로 허공에서 노를 저으며 기와들의 마른 바다 위로 날아가는데, 강어귀에서 거슬러 오르다 길을 잃었는지 아니면 혼례식에 몰두한 건지, 바다 냄새가 나는 그들의 울음은 도시의 소음 사이로 울려 퍼진다.

테라스는 3층에 있다. 혼란스러운 지붕들 위로 펼쳐진 일종의 그 전망대에서 팔로마르는 새의 시선으로 둘러본다. 마치 새들이 바라보는 것처럼 세상을 생각하려고 노력한다. 그와 달리 새들은 자신들 아래로 허공이 펼쳐지거나 말거나, 아래는 전혀 내려다보지 않은 채 옆만 바라보며 날개 위에서 비스듬히 균형을 잡는다. 그의 시선과 마찬가지로 새들의 시선도 어디로 돌리든지 높거나 낮은 지붕들, 더 높거나 낮지만 더 이상 아래로 낮출 수 없을 만큼 빽빽히 들어찬 건물들만 만나는지도 모른다. 그 아래에는 길과 광장 들이 있는데, 진정한 바닥은 바로 지면 높이의 바닥이라는 것을 그는 다른 경험을 토대로 알고 있고, 지금처럼 위에서 보면서도 그런 사실을 전혀 의심하지 않는다.

도시의 진정한 형태를 형성하는 것은, 그런 지붕들의 올라감과 내려감, 오래된 기와와 새 기와, 둥근 기와와 평평한 기와, 날씬하거나 땅딸막한 굴뚝, 갈대 지붕 정자와 구불구불한 슬레이트 지붕 차양, 난간, 버팀벽, 화분을 떠받치는 작은 기둥, 양철 저수조, 천창, 유리 채광창이며, 그 모든 것 위로 텔레비전 안테나들의 숲이 솟아 있는데, 곧거나 구부러졌고, 페인트칠이 됐거나 녹슬었고, 이어지는 세대들의 모델로 다양하게 가지들을 벌리거나 뿔처럼 휘어지거나 방패 모양으로 되어 있지만, 모두 해골처럼 야위고 토템처럼 불안한 모습을 하고 있다. 불규칙적이고 들쭉날쭉한 허공의 만(灣)으로 분리된 서민들의 테라스에는 빨랫줄에 빨래가 널려 있고 주석 양동이에 토마토가 심겨 있으며, 맞은편 고급 주택의 테라스에는 목제 격자창에 기대어 자라는 담쟁이덩굴, 하얀색으로 칠한 정원용 주철 가구, 말려 올라간 천막이 있다. 또한 울려 퍼지는 종각이 있는 종탑, 앞면과 측면으로 보이는 공공건물의 정면, 다락방과 펜트하우스, 불법이지만 처벌할 수 없는 증축, 건축 중이거나 중간에 중단된 건축물의 철제 파이프로 된 비계, 커튼이 드리워진 커다란 창문과 화장실의 조그마한 창문, 황토색과 황갈색 벽, 틈 사이로 풀덤불이 잎사귀를 늘어뜨리고 있는 곰팡이 색깔의 벽, 승강기의 통로, 두 칸 창문이나 세 칸 창문의 탑, 성모 마리아상이 있는 성당의 뾰족탑, 말과 사두마차의 동상, 슬럼화되어 퇴락한 저택, 독신자용 아파트로 개조된 초라한 가옥, 도시의 여성적 본질을 확인하려는 듯 모든 방향과 모든 거리에서 하늘로 둥글게 솟아오른 돔, 시간과 빛에 따라 장밋빛 또는 자주색 또는 하얀색으로 빛나는 돔, 버팀기둥의 맥이 있고 더 작은 돔이 등잔처럼 위에 겹쳐진 돔이 있다.

도시의 포장도로에서 바퀴나 두 발로 움직이는 사람은 이것들 중 어느 것도 볼 수 없다. 그리고 반대로 이 위에서는 땅의 진정한 껍질이 그렇게 동일하지는 않지만 치밀해 보이는 인상을 받는다. 비록 깊이를 가늠할 수 없는 틈새나 단절, 구덩이, 분화구가 가로지르고 있지만 말이다. 전체적으로 보면 그 가장자리들은 솔방울의 비늘처럼 겹쳐져 보이는데, 그 바닥에 무엇을 감추고 있는지는 묻고 싶지도 않다. 왜냐하면 표면의 모습이 너무나 풍부하고 너무나 다양하여 마음이 이미 정보와 의미로 충분히 넘치기 때문이다.

새들은 그렇게 생각한다. 설령 아니라 해도 최소한 팔로마르는 자신이 새라고 상상하면서 그렇게 생각한다. 그는 이렇게 결론을 내린다. "사물의 표면을 알고 나면 그 아래에 있는 것을 찾아볼 수 있겠지. 하지만 사물의 표면은 끝이 없군."

### 2.1.2. 도마뱀붙이의 배

여름이면 늘 그렇듯이 테라스에 도마뱀붙이가 돌아왔다. 특별한 관찰 장소에서 팔로마르는 언제나 익숙하게 볼 수 있는 도마뱀붙이, 도마뱀, 녹색도마뱀의 등이 아니라 배를 본다. 팔로마르의 집 거실에는 테라스 쪽으로 작은 유리 진열장이 놓여 있고, 이 유리 진열장 선반에 수집한 아르누보 꽃병들이 진열되어 있다. 저녁에는 75와트 작은 전구가 진열품을 비춰 준다. 갯질경이 하나가 테라스 벽에서 외부 유리 위로 하늘색 가지들을 드리운다. 매일 저녁 전구가 켜지면 그 벽의 잎사귀들 아래에 사는 도마뱀붙이는 유리 위 바로 전구가 빛나는 지점으로 이동하여, 햇볕 아래서처럼 꼼짝도 하지 않는다. 하루살이들도 불빛에 이끌려 날아온다. 도마뱀붙이는 하루살이가 사정거리 안에 들어오면 집어삼킨다.

팔로마르와 팔로마르 부인은 매일 저녁 소파를 텔레비전에서 진열장 옆으로 옮겨 자리를 잡고, 거실에서 어둠을 배경으로 도마뱀붙이의 희뿌연 형태를 바라본다. 텔레비전과 도마뱀붙이 중 무엇을 선택할지가 언제나 망설임 없이 결정되는 것은 아니다. 그 두 가지 구경거리는 각자 다른 것이 줄 수 없는 정보를 갖고 있다. 텔레비전은 대륙을 돌아다니며 사물의 두드러진 모습을 묘사하는 빛나는 충동을 수집하는 반면, 도마뱀붙이는 부동의 집중과 감추어진 측면, 눈에 드러나는 것의 이면을 보여 준다.

가장 특이한 것은 부드럽고 볼록한 손가락들이 달린 발이다. 도마뱀붙이는 손처럼 생긴 그것을 유리 위에 누른 다음 아주 작은 빨판을 이용해 들러붙는다. 손가락 다섯 개는 아이 그림 속에 있는 꽃의 꽃잎들처럼 펼쳐지고, 발이 움직일 때에는 닫히는 꽃처럼 오므라들었다가 다시 펼쳐져 유리에 납작하게 들러붙으면서, 손가락의 지문처럼 아주 작은 줄무늬를 드러낸다. 그 섬세하면서 동시에 강력한 손은 잠재적 지성을 간직하고 있는 듯 보이는데, 거기 수직의 유리 표면에 들어붙어 있는 임무에서 벗어나 사람의 손과 같은 재능, 즉 더 이상 나뭇가지에 매달리거나 땅바닥을 누르지 않게 된 때부터 유능해졌다고 하는 재능을 얻기에도 부족함이 없을 정도이다.

굽혀진 다리는 무릎이나 팔꿈치보다 더 탄력적으로 몸을 들어 올리는 것 같다. 꼬리는 가운데의 줄 하나만으로 유리에 들러붙는데, 그 줄에서 시작되는 고리들이 꼬리를 한쪽에서 다른 쪽으로 둘러싸면서 튼튼한 보호 장비 역할을 한다. 꼬리는 대부분 둔감하고 게으르게 놓여 보조적인 받침대 역할만 할 뿐 재능이나 야망은 없는 듯 보이지만(도마뱀 꼬리의 달필 같은 유연함과는 조금도 상관이 없다.) 필요한 경우 재빨리 반응하고 아주 민첩하며 표현적으로 보이기도 한다.

머리 쪽으로는 널찍하고 떨리는 목과 양쪽으로 툭 튀어나온, 눈꺼풀 없는 눈이 보인다. 축 처진 자루의 표면 같은 목은 악어의 목처럼 단단하고, 완전히 비늘로 뒤덮인 턱 끝에서 시작하여 유리 위로 누르는 곳에 접착력 있는 알맹이처럼 보이는 점들이 있는 하얀 배까지 펼쳐진다.

하루살이가 도마뱀붙이의 입 가까이 지나가면, 형태가 없으면서도 모든 형태를 띨 수 있으며, 유연하고 잘 붙잡는 혀가 번개처럼 튀어나와 그것을 집어삼킨다. 어떠한 경우든 팔로마르는 혀를 보았는지 보지 못했는지 확신할 수 없다. 확실하게 보는 것은 이제 도마뱀붙이의 목 안에 있는 하루살이이다. 불빛이 비치는 유리를 누르고 있는 배는 엑스선처럼 투명하다. 삼키는 내장을 통해 먹이의 그림자가 지나가는 경로를 추적할 수 있다.

만약 우리를 떠받치고 있는 땅바닥이나 우리 몸을 둘러싸고 있는 껍질까지 모든 물질이 투명하다면, 모든 것은 감지할 수 없는 베일들의 펄럭임이 아니라, 분쇄하고 소화하는 과정들의 지옥으로 보일 것이다. 어쩌면 지금 이 순간 지구의 중심에 있는 지옥의 어느 신 역시 화강암도 꿰뚫는 눈으로 아래에서 우리를 바라보면서 삶과 죽음의 순환 과정을 추적하고, 갈가리 찢긴 희생물이 포식자의 배 속에서 분해되고, 또 그 포식자를 다른 배가 집어삼키는 과정을 추적하고 있는지 모른다.

도마뱀붙이는 몇 시간 동안 꼼짝도 하지 않는다. 이따금 채찍 같은 혀로 모기나 하루살이를 집어삼키는 게 전부다. 그런데 똑같이 생긴 다른 곤충들이 모르고 입에서 아주 가까운 곳에 내려앉는 것은 감지하지 못하는 것 같다. 머리 양쪽에 분리되어 있는 눈의 수직 눈동자가 알아채지 못하는 것일까? 아니면 우리가 모르는 선택과 거부의 이유가 있는 것일까? 아니면 우연이나 변덕에서 나온 행동일까?

발과 꼬리의 고리 모양 구분, 몸과 배 위에 점점이 흩어진 알맹이 같은 작은 판들로 보면 도마뱀붙이는 기계 장치처럼 보인다. 대단히 세부적인 부분까지 연구된 그 정교한 기계가 그렇게 제한된 작업만 하는 게 지나친 낭비는 아닌지 묻고 싶을 정도이다. 아니면 그렇게 있으면서 행동을 최소로 줄이는 것이 그의 비밀일까? 젊은 시절 팔로마르가 자신의 것으로 삼고 싶었던 도덕률, 그러니까 언제나 자신의 능력을 약간 넘어서는 무언가를 찾는 것과 정반대되는 그것이 그의 가르침일까?

길 잃은 작은 나방 한 마리가 그의 사정거리 안에 들어온다. 그냥 지나칠까? 아니다. 그것도 잡는다. 혀가 그물로 바뀌어 나방을 입 안으로 끌어당긴다. 입에 모두 들어갈까? 뱉을까? 터질까? 아니다. 나방은 저기 목 안에 있다. 퍼덕이고 일그러졌지만 씹는 이빨들의 공격을 받지 않아 아직도 원래의 모습을 유지하고 있다. 그리고 좁은 목구멍을 지나 부푼 식도를 향해 느리고 괴로운 여행을 시작하는 그림자가 된다.

도마뱀붙이는 무감각한 상태에서 벗어나 숨을 헐떡이고, 경련하듯이 목을 움직이고, 발과 꼬리를 뒤흔들고, 가혹한 시련을 겪는 배를 비튼다. 오늘 밤 너무 많이 먹은 것일까? 이제 자리를 뜰까? 이것이 그가 충족하고 싶었던 모든 욕망의 정점일까? 이것이 자신에게 증명하고 싶었던 가능성의 한계일까? 아니다. 아직 남은 것이 있다. 아마 잠이 든 모양이다. 눈꺼풀이 없는 존재에게 잠은 어떤 것일까?

팔로마르도 그 자리에서 떨어질 줄을 모른다. 계속 남아 바라본다. 휴식은 기대할 수 없다. 텔레비전을 다시 켜도 대량 학살에 대한 관조만 확장될 뿐이다. 나방은 연약한 에우리디케[13]처럼 자신의 하데스 안으로 천천히 잠긴다. 하루살이 한 마리가 날아가 유리에 앉으려 한다. 그러자 도마뱀붙이의 혀가 낚아챈다.

---

**13** 그리스 신화에 나오는 탁월한 음악가 오르페우스의 아내. 독사에 물려 죽은 그녀를 되살리기 위해 오르페우스는 지옥에 내려가 음악으로 하데스를 감동시킨 다음 데려가도 좋다는 허락을 받았으나 금지 사항을 어기고 뒤를 돌아보는 바람에 되살리지 못했다.

### 2.1.3. 찌르레기들의 침입

가을이 끝날 무렵의 로마에는 특별한 볼거리가 있다. 바로 새들이 가득한 하늘이다. 팔로마르의 테라스는 훌륭한 관찰 지점으로, 그 자리에서는 지붕들 너머로 방대하게 펼쳐진 지평선을 자유롭게 둘러볼 수 있다. 그 새들에 대해 팔로마르가 아는 건 사람들에게 들은 것이 전부다. 수십만 마리의 찌르레기들이 북쪽에서 왔으며 모두 함께 아프리카 해안으로 떠나려고 기다리고 있다는 것이다. 밤에는 도시의 나무들에서 자기 때문에 테베레[14] 강변에 차를 주차한 사람은 이튿날 아침 차를 꼭대기에서 바닥까지 닦아 내야 한다.

새들이 낮 동안 어디를 가는지, 한 도시에 이렇게 오래 머무는 것이 이주 전략에서 어떤 기능을 하는지, 그 엄청난 저녁 모임, 마치 거대한 기동 작전이나 퍼레이드 같은 그 공중의 행렬이 자신들에게 어떤 의미가 있는지 팔로마르는 아직 이해하지 못했다. 주어지는 설명은 모두 조금씩 의심스럽고, 가설을 전제로 하고 있으며, 다양한 대안들 사이에서 자리를 잡지 못했다. 입에서 입으로 전해지는 소문이었으니 당연한 일이었다. 하지만 그것을 확인하거나 부정해야 할 학문 역시 불확실하고 개략적인 인상을 풍겼다. 그런 상황에서 팔로마르는 자신이 볼 수 있는 작은 것을 자세한 세부까지 관찰하고 바라보면서, 보이는 것이 자신에게 암시하는 즉각적인 관념에 매달리며 머무르기로 결심했다.

석양의 보랏빛 대기 속에 하늘 한쪽에서 조그마한 먼지, 날아다

14 로마 시내를 가로질러 티레니아 해로 흘러드는 강. 강변 도로에는 가로수가 많다.

니는 날개들의 구름이 나타나는 것을 바라본다. 가만히 보니 무수하게 많다. 하늘의 둥근 지붕이 침범당하고 있다. 지금까지 평온하고 공허한 방대함처럼 보이던 하늘을 아주 빠르고 가벼운 존재들이 가로지르고 있음이 그제야 드러난다.

철새들이 지나가는 광경은 조상 대대로 전해진 우리의 기억에서 계절의 조화로운 변화와 연결되어 마음을 편안하게 해 준다. 하지만 팔로마르는 불안감 같은 것을 느낀다. 빽빽하게 모인 새들이 자연의 균형이 무너졌음을 상기시키기 때문일까? 아니면 우리의 불안에 대한 감각이 사방에 도처한 대재난의 위협을 느끼기 때문일까?

철새들을 생각할 때 우리는 대부분 질서 정연하고 치밀하게 날아가는 모습, 긴 행렬이나 예각의 밀집 대형으로, 수많은 새들이 들어찬 새의 형상으로 하늘을 가로지르는 모습을 상상한다. 그런 모습은 찌르레기들, 또는 최소한 가을에 로마의 하늘에 나타나는 찌르레기들과는 상관이 없다. 이 공중의 무리는 액체 안에 떠다니는 먼지 알갱이처럼 언제나 흩어지고 사라지는 듯 보이지만 오히려 점점 더 빽빽해지는데, 마치 보이지 않는 도관에서 소용돌이치는 분자들이 계속 분출되지만 절대 용액을 포화시키지 않는 것과 비슷하다.

새들의 구름이 확장되면서 하늘은 더욱 뚜렷하게 그려지는 날개들로 인해 어두워진다. 가까이 다가오고 있다는 증거이다. 무리 안에서 팔로마르는 벌써 하나의 관점을 구별해 내는데, 일부 새는 이미 그의 머리 위에 아주 가까이 있고, 일부는 멀리, 또 일부는 더 멀리 있기 때문이다. 그는 수 킬로미터에 걸쳐 계속해서 더욱 작고 점 같은 새들의 모습을 발견하는데, 각 새들 사이의 거리가 거의 똑같아 보인다고 말할 수 있다. 하지만 그런 규칙성의 환상은 믿을 수 없는 것이다. 날고 있는 새들의 밀도를 평가하는 것은 더없이 어려운 일이기 때문이다. 빽빽한 무리가 하늘을 어둡게 가리는 것처럼 보이다가 갑자기 새와 새 사이에 텅 빈 소용돌이들이 펼쳐진다.

새들의 상호 관계와 배치를 몇 분 동안 관찰하자니 팔로마르는 균일하게 펼쳐진 틈새 없는 조직 안에 사로잡힌 듯한 느낌이 든다. 마치 자신도 서로 분리되어 있지만 그 전체는 구름이나 연기 기둥, 분출되는 물처럼, 말하자면 실질의 유동성 속에서도 형태의 견고함에 도달하는 사물처럼 하나의 통일적인 대상을 형성하는 수많은 물체들로 구성된 그 움직이는 물체의 일부가 된 것처럼 말이다. 하지만 개별 새 한 마리를 시선으로 뒤쫓기 시작하면 곧바로 요소들이 다시 분리되고, 그러면 자신을 이끌고 간다고 느꼈던 흐름, 자신을 떠받친다고 느꼈던 그물이 해체되고, 현기증이 자기 위장(胃臟)의 입구를 움켜쥐는 느낌이 든다.

그런 일이 일어나는 것은, 예를 들어 팔로마르가 새들 무리가 자신을 향해 날아오고 있다고 확신한 다음, 반대로 멀어지는 새 한 마리 쪽으로 시선을 옮기고, 거기에서 마찬가지로 멀어지고 있지만 다른 방향으로 멀어지는 다른 새 쪽으로 옮길 때인데, 그러면 곧바로 가까이 다가오는 것처럼 보이던 새들이 모두 실제로는 마치 자신이 폭발의 중심에 있는 것처럼 모든 방향으로 달아나고 있음을 깨닫게 된다. 하지만 하늘의 다른 구역 쪽으로 시선을 돌리면, 새들은 저쪽에 점점 더 빽빽하고 조밀한 소용돌이로 집중되고 있다. 마치 종이 아래 감추어진 자석이 쇳가루들을 끌어당겨 형상을 이루는데, 때로는 어두워지고 때로는 밝아지다가 결국은 무너지면서 하얀 종이 위에 점점이 흩어진 조각들의 얼룩을 남기는 것처럼 말이다.

마침내 혼란스러운 날갯짓들로부터 형상 하나가 나아오더니 빽빽해진다. 그것은 공이나 물방울, 새가 가득한 하늘을 생각하는 사람의 말풍선처럼 둥근 형상이며, 공중에서 굴러가면서 주위에서 나는 다른 모든 새를 끌어들이는 눈사태 같다. 그 공은 균일한 공간에서 특별한 영토, 움직이는 덩어리를 형성하고, 마치 탄력적인 표면처럼 확장되고 응축된다. 그 한계 안에서 찌르레기들은 전체의 원형 형태를 변화시키지 않으면서 각자 고유의 방향으로 계속 날아간다.

어느 순간 팔로마르는 공의 내부에서 소용돌이치는 새들의 숫자가, 마치 아주 흐름이 빠른 모래시계의 모래가 새로운 주민을 옮겨 붓듯이, 급속하게 늘어나고 있음을 깨닫는다. 또다른 찌르레기 무리가 이전의 원형 형태 안에서 다른 원형 형태를 띠며 확장되고 있는 것이다. 하지만 무리의 응집력은 일정한 차원 이상으로는 저항하지 않는다. 실제로 팔로마르는 벌써 가장자리에서 찌르레기들이 흩어지는 것, 아니, 정말로 틈새가 벌어져 공을 쭈그러뜨리는 것을 관찰하고 있다. 그것을 깨닫는 순간 형상은 곧바로 해체된다.

새들의 관찰이 얼마나 빠르게 계속 이어지고 증가되는지 마음속으로 다시 정리하기 위해 팔로마르는 친구들에게 이를 알려야겠다고 생각한다. 그와 관련해서는 친구들도 할 말이 있다. 모두들 벌써 그런 현상에 관심을 갖게 되었거나, 아니면 그의 말을 듣고 나서 그들에게도 그런 관심이 생겨났기 때문이다. 그것은 절대 완전히 해결되었다고 간주할 수 없는 주제로, 친구 중 하나가 무언가 새로운 것을 보았다고 믿거나 이전의 인상을 수정해야 한다고 생각하면 곧바로 친구들에게 전화를 해야 한다고 느낄 정도이다. 그렇게 전화망을 통해 메시지들이 오고 가는 동안 하늘에 찌르레기 무리가 지나간다.

“서로 어떻게 피하는지 봤어? 아주 빽빽하게 날아가는 곳에서나 경로가 교차할 때도 언제나 레이더를 갖고 있는 것 같더군.”

“그렇지 않아. 나는 포장도로에서 새들이 만신창이가 되어 죽어 있거나 죽어 가는 것을 보았어. 날아가다 충돌해 희생된 녀석들이야. 밀도가 너무 높을 때에는 불가피한 일이지.”

“왜 저녁마다 다 함께 도시의 이 구역 위에서 나는지 알았어. 마치 비행기들이 착륙 허가 신호를 받을 때까지 공항 위를 선회하는 것과 같아. 그래서 그렇게 오랫동안 주위를 나는 거야. 밤을 보낼 나무에 내려앉기 위해 차례를 기다리는 거지.”

“나는 나무에 내려앉을 때 어떻게 하는지 봤어. 하늘에서 나선형으로 계속 돌다가 한 마리씩 선택한 나무를 향해 아주 쏜살같이 내려온 다음 갑자기 속력을 줄이고 가지 위에 앉더군.”

“아니야. 공중에서의 교통 체증은 문제가 되지 않아. 모든 새가 각자 자기 나무와 자기 가지, 가지 위의 자기 자리를 갖고 있어. 위에서 그것을 찾아내고 내려앉는 거야.”

“시력이 그렇게 좋은가?”

“글쎄.”

통화는 절대 길게 이어지지 않는다. 무언가 결정적인 단계를 놓칠까 두려운 듯 팔로마르가 빨리 테라스로 돌아가고 싶어 하기 때문이다.

찌르레기들은 아직 석양의 햇살이 비치는 하늘의 구역만 차지하고 있는 듯하다. 하지만 자세히 살펴보면 새들의 모이고 흩어짐이 지그재그로 펄럭이는 기다란 끈과 비슷하다는 것을 알게 된다. 그 끈이 굽어지는 곳에서 무리는 마치 벌 떼처럼 더 빽빽하게 보이고, 반대로 휘어지지 않고 펼쳐지는 곳에서는 점점이 흩어진 새들만 눈에 띈다.

하늘의 마지막 여명이 사라지고, 길들의 바닥에서 어둠의 밀물이 위로 솟아올라 기와들과 돔들과 테라스들과 다락방들과 발코니들과 종탑들의 군도(群島)를 뒤덮을 때까지. 그리고 하늘을 떠돌던 검은 날개의 침입자들은 쏜살같이 내려앉아 사방에 분뇨를 배설하는 멍청한 도시 비둘기들의 심각한 무리와 뒤섞인다.

## 2.2. 팔로마르 쇼핑을 하다

### 2.2.1. 거위 지방 1.5킬로그램

거위 지방이 유리병 안에 담겨 있다. 손으로 쓴 라벨에 의하면 각 유리병에는 "살찐 거위의 다리 하나와 날개 하나, 거위 지방, 소금, 후추. 순수 중량 : 1.5킬로그램"이 들어 있다. 유리병을 가득 채운 빽빽하고 부드러운 하얀색 안에서 세상의 마찰음이 무뎌진다. 어두운 그림자 하나가 바닥에서 올라오고, 마치 기억의 안개 속처럼 자신의 지방 속으로 사라진 거위의 흩어진 사지가 나타난다.

팔로마르는 파리의 어느 가공 육류 가게에서 줄을 선다. 휴가 기간이다. 하지만 이곳 고객들의 밀치기는 휴가 기간이 아닐 때에도 일상적이다. 왜냐하면 이곳은 대도시의 훌륭한 식품 가게 중 하나인 데다, 대중적 거래의 평준화, 세금, 소비자들의 낮은 수입, 그리고 이제는 경기 침체로 인해 옛날 가게들이 하나둘 사라지고 익명의 슈퍼마켓으로 대체되는 구역에서 기적적으로 살아남았기 때문이다.

줄을 서서 기다리면서 팔로마르는 유리병들을 바라본다. 기억 속에서 카술레[15]를 위한 자리를 찾으려고 노력하는데, 고기와 콩으로 만드는 그 풍성한 스튜에서 거위 지방은 필수 재료이다. 하지만 미각의 기억이나 문화적 기억도 전혀 도움이 되지 않는다. 그런데도 그 이름과 모습, 관념이 그를 이끌고, 미각보다 에로스의 즉각적인 상상력을 일깨운다. 거위 지방의 덩어리에서 여성의 모습이 떠올라 장밋빛 피부를 하얀색으로 칠한다. 그리고 그는 벌써 그 빽빽한 무더기 사이로 그녀를 향해 나아가 그녀를 껴안고 함께 가라앉는 자신의 모습을 상상한다.

팔로마르는 어울리지 않는 생각을 머릿속에서 쫓아내고, 눈을 들어 환상의 나라에 있는 나뭇가지의 과일처럼 크리스마스 화환에 매달린 살라미들로 장식된 천장을 바라본다. 주위의 대리석 판매대에는 문명과 예술에 의해 정교해진 형상들이 풍요로움을 자랑한다. 사냥한 고기 파이 조각에는 황무지에서 날거나 달리던 사냥감이 영원히 새겨져 화려한 풍미를 더한다. 회색과 장밋빛 원통 안에 펼쳐진 꿩 갤런틴[16]은 어느 가문의 문장(紋章)이나 르네상스 가구에서 내뻗는 발톱 같은 새의 다리를 통해 자신의 출신을 증명한다.

어릿광대 조끼의 단추들처럼, 악보의 음계들처럼 나란히 늘어선 검은 송로버섯의 커다란 반점들이 젤라틴 껍질을 통하여 모습을 뽐

15 돼지고기를 비롯한 다양한 고기와 흰콩으로 만든 프랑스 스튜의 일종.

16 닭이나 오리를 다진 고기에 다양한 양념을 넣어 삶은 요리.

내면서, 푸아그라 파테, 소프레사타,[17] 테린,[18] 갤런틴, 부채처럼 펼쳐 놓은 연어 요리, 트로피처럼 장식된 아티초크의 중요 부분으로 이루어진 다채로운 장밋빛 꽃밭을 장식한다. 그 작은 송로버섯 원반들의 주요 모티브는 밤샘 가면무도회의 검은 야회복처럼 다양한 물질들을 통일하고 음식들의 축제에 어울리는 의상을 돋보이게 한다.

그와 대조적으로 사람들은 어둡고 불투명하고 시무룩한 표정으로 진열대 사이를 비집고 다니다가, 하얀 옷차림에 무뚝뚝하지만 유능한 다소 나이 든 여자 점원들의 안내를 받는다. 마요네즈로 빛나는 연어 카나페[19]의 찬란함은 고객의 검은 가방 속에 잠겨 사라진다. 물론 모든 고객은 각자 자신이 원하는 것을 정확히 알고, 망설임 없이 단호하게 자신의 목표를 향해 나아가서, 신속하게 볼로방,[20] 하얀 푸딩, 세르블라[21] 더미를 해체한다.

팔로마르는 고객들의 시선 속에서 그 보물들에 대한 매혹을 포착하고 싶지만, 그들의 얼굴과 몸짓에서 볼 수 있는 것은 신경이 곤두선 채 자기 자신에게만 집중하고, 각자 자신이 갖고 있거나 갖고 있지 않은 것에만 몰두하는 사람의 서두름과 불분명함뿐이다. 누구도 진열장과 진열대를 따라 펼쳐진 팡타그뤼엘[22]의 영광에는 합당해 보이지 않는다. 즐거움이나 신선함 없는 탐욕이 그들을 이끈다. 그렇지만

---

17 이탈리아 남부 지방의 전통 음식으로 돼지고기로 만든 살라미의 일종.

18 주로 돼지고기와 다양한 양념을 넣어 단단하게 다진 프랑스 요리.

19 빵 조각 위에 버터나 치즈, 참치, 살라미 등을 얹어 주로 전채나 디저트로 먹는 음식.

20 고기나 생선에 소스를 넣어 만든 파이의 일종.

21 스위스나 프랑스에서 생산되는 소시지의 일종.

22 프랑스 작가 라블레의 작품 『가르강티아와 팡타그뤼엘』에 나오는 거인으로, 놀라운 식성의 소유자이다.

그들과 음식 사이에는 깊고 유전적인 관계가 존재한다. 그들과 동질적인 음식은 바로 그들 육신의 고기이다.

그는 질투와 흡사한 느낌이 드는 것을 깨닫는다. 오리와 토끼 파테가 쟁반에서 다른 사람들보다 자신을 더 선호하고, 자신이 유일하게 그 선물들, 자연과 문화가 오랜 세월에 걸쳐 전해 주었고 따라서 세속적인 손에 떨어지지 않아야 하는 그 선물에 합당하다고 인정해 주기를 바라는 것 같다. 자신을 엄습한 신성한 열정은 혹시 자신만이 선택받았고, 은총을 입었으며, 자신만이 세상의 풍요의 뿔에서 넘치는 풍부한 재물에 합당하다는 것을 보여 주는 증거가 아닐까?

팔로마르는 맛들의 오케스트라가 진동하는 것을 느끼고 싶은 기대감에 주위를 둘러본다. 그러나 아무것도 진동하지 않는다. 그 모든 고급스러운 음식은 그에게 개략적이고 불분명한 기억을 일깨우고, 그의 상상력은 본능적으로 맛을 그런 이미지와 이름과 연결시키지 못한다. 그는 자신의 탐식이 특히 정신적이고 미학적이며 상징적인 것이 아닌지 자문해 본다. 자신이 아무리 진지하게 갤런틴을 사랑해도 갤런틴은 자신을 사랑하지 않을지 모른다. 그의 시선이 모든 음식을 역사와 문명의 자료로, 박물관의 전시물로 전환시킨다고 느낄 수도 있다.

팔로마르는 줄이 좀 더 빨리 앞으로 나아가기를 원한다. 그 가게에서 몇 분을 더 보내면 자신도 결국 불경한 사람이자 이방인 그리고 아웃사이더라고 확신하게 될 것이기 때문이다.

### 2.2.2. 치즈 박물관

팔로마르는 파리의 치즈 가게에서 줄을 선다. 여러 가지 양념과 허브로 맛을 내 투명한 작은 용기 안에 올리브기름으로 보존된 특정한 염소 치즈를 사려는 것이다. 고객들의 줄은 매우 특이하면서도 각기 다른 특산품 표본들이 전시된 진열대를 따라 이동한다. 이 가게는 생각할 수 있는 모든 유제품을 입증이라도 하려는 듯 상품을 고루 갖추고 있다. '치즈 특산품'[23]이라는 간판이 벌써 그 드문 고어 또는 사투리 수식어와 함께 이곳에 한 문명의 전체 역사와 지리를 통해 축적된 지식의 유산이 보관되어 있음을 알려 준다.

장밋빛 앞치마 차림의 아가씨 서너 명이 고객들을 맞는다. 아가씨는 자유롭게 몸이 풀려나자 곧바로 맨 앞의 고객을 맞아 원하는 것을 밝히도록 유도한다. 고객은 이름을 대거나 입에 익숙한 대상을 향해 가게 안을 이동하면서 구체적으로 손가락질을 한다.

그 순간 줄 전체가 한 걸음 앞으로 나아간다. 그리고 지금까지 녹색 결이 있는 '블뢰 도베르뉴'[24] 옆에 머물러 있던 고객은 하얀색에 마른 짚의 조각들이 들러붙어 있는 '브랭 다무르'[25] 옆에 있게 된다. 잎사귀에 싸인 둥근 공을 바라보던 고객은 이제 재가 뿌려진 육면체에 집중한다. 그렇게 강요된 노정의 만남들에서 새로운 자극과 새로운 욕망에 대한 영감을 이끌어 내는 사람도 있다. 그러니까 요구하려던 것에 대한 생각을 바꾸거나 자신의 목록에 새로운 항목을 덧붙이

23 원문에는 프랑스어 Spécialités froumagères로 되어 있다.
24 프랑스 남동부 지방에서 생산되는 치즈로 독특한 향과 맛을 낸다.
25 양젖으로 만든 부드러운 치즈로 프랑스 코르시카 지방의 특산물.

는 것이다. 반면에 자신이 추격하고 있는 목표물을 단 한순간도 놓치지 않으며, 마주치는 다른 모든 암시는 배제하는 방식으로 자신이 원하는 것의 영역을 고집스럽게 제한하는 사람도 있다.

팔로마르의 마음은 대립적인 충동 사이에서 동요한다. 그러니까 완벽하고 총체적인 인식을 지향하고 모든 품질을 맛볼 경우에만 충족될 수 있는 충동과, 절대적인 선택, 자기만의 것인 치즈, 자신이 미처 알아보지 못하거나 그 안에서 자신을 인식하지 못할 경우에도 분명히 존재하는 치즈의 확인을 지향하는 충동 사이에서 말이다.

아니면 그것은 자기 치즈를 선택하는 것이 아니라 선택되는 문제이다. 치즈와 고객 사이에는 상호 관계가 존재한다. 치즈는 각자 자신의 고객을 기다리면서 약간 거만하게 입자가 있거나 견고한 모습으로, 아니면 반대로 연약한 무관심함에 의해 용해되는 모습으로 고객을 유혹한다.

사악한 공모의 그림자가 주위에 떠돈다. 섬세한 미각과 특히 후각은 자신이 해이해지고 천박해지는 순간을 안다. 치즈들이 자신의 쟁반 위에서 마치 창녀촌의 소파 위에서처럼 자신을 제공하는 순간이다. '똥',[26] '수도사들의 공',[27] '팬티의 단추'[28]처럼 모욕적인 별명으로 탐식 대상의 품위를 떨어뜨리는 즐거움에서 타락한 냉소가 나타난다.

이것은 팔로마르가 좀 더 심화시키고 싶은 유형의 지식이 아니

---

**26** crottin. '똥'이라는 뜻으로, 특히 크로탱 드 샤비뇰(crottin de Chavignol)은 염소젖으로 만든 치즈로 프랑스 상세르 지방의 특산물이다.

**27** boule des moines. 1920년 이후 프랑스 중부 지방의 베네딕투스 수도사들이 만들기 시작한 치즈.

**28** bouton de culotte. 프랑스 중동부 지방에서 생우유로 만든 치즈.

다. 그로서는 인간과 치즈 사이에 직접적이고 물리적인 관계의 단순함을 설정하는 것으로 충분할 것이다. 하지만 만약 치즈 대신에 치즈의 이름, 치즈의 개념, 치즈의 의미, 치즈의 역사, 치즈의 맥락, 치즈의 심리학을 본다면, 만약 지식 이상으로 각 치즈 뒤에 그 모든 것이 있다는 것을 상기한다면 그 관계는 훨씬 복잡해질 것이다.

팔로마르에게 있어 치즈 가게는 마치 독학자의 백과사전과도 같다. 그 모든 이름을 외우고, 비누, 원통, 돔, 공 모양 등 형태에 따라, 마른 것, 버터 같은 것, 크림 같은 것, 맥이 있는 것, 빽빽한 것 등 밀도에 따라, 건포도, 후추, 호도, 깨, 허브, 효모 등 반죽이나 껍질 안에 포함된 이질적인 재료들에 따라 분류를 시도해 볼 수 있다. 하지만 그것은 기억과 동시에 상상력으로 이루어진 맛들에 대한 경험 안에 있으며, 오로지 그런 경험만을 토대로 입맛의 단계와 선호도와 호기심과 배제를 설정할 수 있는 그런 진정한 지식에는 한 걸음도 가까이 다가가지 못하게 할 것이다.

모든 치즈 뒤에는 각각의 하늘 아래 펼쳐진 각각의 다른 녹색의 목초지가 있다. 노르망디의 밀물과 썰물이 매일 저녁 침전시키는 소금으로 뒤덮인 풀밭이 있고, 프로방스의 바람 잘 통하는 햇살과 향기에 젖은 풀밭이 있다. 또한 고유한 방식으로 마구간에서 사육하거나 이동 방목을 한 가축의 무리가 있고, 오랜 세월 동안 전해진 가공의 비밀이 있다. 이 가게는 박물관이다. 팔로마르는 이곳을 방문하면서 마치 루브르에서처럼 모든 전시물 뒤에서 그것의 형식을 부여하고 또 거기에서 형식을 얻은 문명의 존재를 느낀다.

이 가게는 사전과 같고 그 언어는 치즈들 전체의 체계이다. 그 언어의 형태론은 무수한 변이형의 어형 변화와 활용을 기록하고, 그 어휘는 수많은 사투리의 공헌으로 부양된 모든 언어와 마찬가지로 끝없이 풍부한 동의어, 관용구, 함축 의미, 의미의 뉘앙스 들을 보여 준다. 바로 사물들로 만들어진 언어이며, 그 용어집은 외면적이고 도구적인 측면의 하나이다. 하지만 팔로마르에게 있어 용어집을 약간 배우는 것은 만약 자기 눈앞에 스쳐 지나가는 것들을 잠시 멈춰 세우고 싶다면 언제나 맨 먼저 취해야 할 조치이다.

팔로마르는 호주머니에서 수첩과 펜을 꺼내 이름을 적고, 각 이름 옆에 그 모습을 기억나게 해 줄 일부 특징을 메모하고, 형태를 개괄적으로 스케치하려고 한다. '파베 데르보'[29]라고 적은 다음 '녹색 곰팡이'라고 메모하고, 납작한 평행 육면체를 그리고 한쪽 면에다 '약 4cm'라고 기록한다. '생트 모르'[30]라고 적은 다음 '안에 작은 막대기가 있는 회색 알갱이의 원통'이라고 메모하고, 그림을 그리고 대충 눈으로 측정하여 '20cm'라고 기록한다. 그런 다음 '샤비슈'[31]라고 적고 조그마한 원통을 그린다.

"손님! 여기요! 손님!" 수첩에 몰두한 그의 앞에 장밋빛 앞치마의 아가씨가 보인다. 그의 차례인 것이다. 뒷줄에서 모두들 그의 부적절한 행동을 보며 아이러니하고 화난 표정으로 머리를 흔든다. 거리를 돌아다니는 정신 나간 사람들의 숫자가 점점 늘어나는 것을 염려하는 대도시 주민들의 표정이다.

의도했던 탐욕스럽고 정교한 정리가 기억에서 빠져나간다. 그는

**29** 프랑스 중서부 지방에서 염소젖으로 만드는 두께 3~4센티미터의 사각형 모양으로 만들어진 치즈.

**30** 프랑스 중부 지방에서 염소젖으로 만들어지는 원통형 치즈.

**31** 프랑스 푸아투-샤랑트 지방에서 만들어지는 희고 부드러운 염소젖 치즈.

더듬거리면서 가장 명백한 것, 가장 평범한 것, 가장 광고가 많이 된 것으로 방향을 바꾼다. 마치 대중 문명의 자동인형들이 그를 다시 붙잡아 마음대로 하기 위해 그 불분명한 순간만을 기다리고 있던 것처럼 말이다.

### 2.2.3. 대리석과 피

장바구니를 들고 정육점에 들어서는 사람들의 머릿속에는 다양한 지식 분야에서 오랜 세월에 걸쳐 전해져 내려온 고기에 대한 다양한 인식이 펼쳐진다. 예를 들어 고기와 자르기의 숙달 정도, 모든 고기 조각을 요리하는 최상의 방법, 자기 생명을 부양하기 위해 다른 생명을 살해하는 것에 대한 후회를 달래 주는 의례들이 그렇다. 도살의 지식과 요리의 지식은 지방마다 다른 풍습과 기술을 고려하면서 실험들을 토대로 검증할 수 있는 정확한 학문이다. 반대로 제물 희생에 대한 지식은 불확실함에 지배되고 대부분 오래전에 망각되었지만, 표현되지 못한 요구처럼 어둡게 양심을 짓누른다. 고기와 관련된 모든 것에 대한 경건한 생각이 스테이크 세 조각을 구입하려는 팔로마르를 이끈다. 그는 신전 안에 있는 것처럼 정육점의 대리석 진열대 사이로 이동하면서, 자기 개인의 존재와 자신이 속하는 문화가 이곳에 의존한다는 점을 의식한다.

고객들의 줄이 높직한 대리석 카운터를 따라, 잘린 고기들이 각자의 가격과 이름 팻말이 박힌 채 진열되어 있는 선반과 쟁반을 따라 천천히 이동한다. 황소의 생생한 빨간색, 송아지의 밝은 장밋빛, 양의 희미한 빨간색, 돼지의 짙은 빨간색이 차례로 이어진다. 널찍한 갈비가 빨갛게 타오르고, 지방이 띠처럼 두께를 둘러싸고 있는 둥근 안심, 유연하고 날렵한 등심, 무적의 뼈로 무장한 스테이크, 온통 살코기인 거대한 홍두깨살, 지방과 살코기가 층층이 겹쳐진 수육용 고기, 자기 자신에게 집중하도록 묶어 줄 끈을 기다리고 있는 로스트용 고기가 빨갛게 타오른다. 그리고 색깔들이 연해진다. 얇게 썬 송아지 고기, 송아지 채끝, 등과 가슴 부위 고기, 연골 부위 고기가 그렇다. 그런 다음 양의 등과 허벅지 부위의 왕국으로 들어가고, 그 너머에는 소의 하얀 위가 있고, 검은 간이 있다…….

카운터 뒤에서는 하얀 옷을 입은 푸주한들이 사다리꼴 칼날의 커다란 칼, 잘게 썰기 위한 작은 칼, 껍질 벗기는 칼, 뼈를 자르는 데 쓰는 톱, 분쇄기의 깔때기 안으로 장밋빛 구불구불한 고기를 밀어 넣는 절굿공이를 휘두르고 있다. 갈고리에는 갈라진 몸체들이 매달려서, 우리가 먹는 모든 것이 살아 있는 완전함을 함부로 빼앗은 존재의 일부라는 것을 상기시켜 준다.

벽에 붙은 도표 속 소의 옆모습은, 마치 지도처럼 뿔과 발굽을 제외한 전체 해부를 포함하여 식용 관심 부위들을 구분하는 경계선이 가로지르고 있다. 지구의 평평한 공 못지않게 이것도 인간 거주지의 지도이다. 둘 다 인간이 스스로에게 부여한 권리들, 그러니까 지구 대륙과 동물 몸체의 허리 부위를 남김없이 소유하고, 나누고, 잡아먹을 권리를 인가하는 의정서이다.

인간과 소의 공생은 오랜 세월 동안, 비록 비대칭적이지만(실제로 인간은 소를 기르기 위해 보살피지만 그 자신의 소의 먹이가 되지 않아도 된다.) 두 종이 계속 번식하도록 허용하면서 균형을 이루었고, 소위 인간 문명의 번창을 보장해 주었으니, 그것은 최소한 일부분에 있어서는 인간-소 문명이라 말해져야 할 것이다.(또한 그것은 종교적 금지 사항들의 복잡한 지도의 대안들에 따라 부분적으로는 인간-양 문명과 일치하고, 조금 더 부분적으로는 인간-돼지 문명과도 일치한다.) 팔로마르는 분명한 의식과 충분한 동의와 함께 그런 공생에 참여한다. 매달린 소의 시신에서 해체된 자기 형제의 육체를 알아보고, 잘라 낸 허리 부위 고기에서 자기 육신을 절단하는 상처를 알아보지만, 자신이 육식을 한다는 것을 알고 있고, 자신의 음식 전통에 의해 정육점에서 미각의 행복에 대한 약속을 포착하고, 그 불그스레한 조각을 바라보면서 불꽃이 그릴에서 스테이크 위에 남길 줄무늬와 갈색으로 변한 섬유질을 잘라 내는 이빨의 즐거움을 상상하도록 습관화되었다는 것을 알고 있다.

한 감정이 다른 감정을 배제하지는 않는다. 정육점에서 줄을 서 있는 팔로마르의 심리 상태는 억제된 즐거움과 두려움, 욕망과 존경, 이기주의적 관심과 보편적 연민이다. 그것은 아마 다른 사람들이 기도에서 표현하는 심리 상태일 것이다.

## 2.3. 동물원의 팔로마르

### 2.3.1. 기린의 달리기

팔로마르는 뱅센[32] 동물원에 있는 기린들의 울타리 앞에서 걸음을 멈춘다. 기린들은 이따금 달리기 시작하고 어린 기린들이 그 뒤를 따른다. 거의 펜스까지 곧바로 질주하고 몸을 돌려 빠른 속도로 달리기를 두세 번 반복하고 멈춘다. 그 움직임의 부조화에 매료된 팔로마르는 지칠 줄 모르고 기린들의 달리기를 관찰한다. 질주하는 것인지 아니면 빠르게 걷는 것인지 단정할 수 없다. 뒷다리의 걸음은 앞다리의 걸음과 전혀 상관이 없기 때문이다. 관절이 풀린 앞다리는 마치 특정한 순간에 많은 관절 중 어느 것을 구부려야 할지 확신하지 못

32 파리 동쪽 외곽의 뱅센 숲에 있는 동물원으로 공식 이름은 '파리 동물원 공원(parc zoologique de Paris)'이다.

한 듯 가슴까지 구부러졌다가 다시 땅바닥에 펼쳐진다. 훨씬 짧고 단단한 뒷다리는 뒤에서 약간 비스듬하게 도약을 떠받치는데, 마치 나무로 만들어지거나 비틀거리는 목발 같지만 우습게 보이는 것을 알고 장난으로 그렇게 하는 것 같다. 그동안 앞으로 뻗은 목은 마치 기중기의 팔처럼 위아래로 흔들리지만 다리들의 움직임과 목의 움직임 사이에 어떤 관계를 설정할 수는 없다. 그리고 등도 튀어 오르지만 그것은 척추의 나머지를 뒤흔드는 목의 움직임일 뿐이다.

기린은 서로 이질적인 기계에서 나온 부품들을 함께 모아서 만들었는데도 어쨌든 완벽하게 작동하는 기계 장치 같다. 팔로마르는 달리는 기린들을 계속 관찰하면서, 그 조화롭지 않은 뜀뛰기를 제어하는 복잡한 조화, 두드러진 해부학적 불균형을 서로 연결하는 내부의 균형, 그 우아하지 않은 움직임에서 나오는 자연스러운 우아함을 깨닫는다. 통일적인 요소는, 불규칙적이지만 동질적인 형상으로 배치된 털의 반점들로부터 나온다. 그 반점들은 정확한 그래픽 등가물처럼 기린의 분리된 움직임과 어울린다. 반점이라기보다 검은 망토의 균일함이 마름모꼴 디자인을 따라 펼쳐지는 밝은 줄무늬에 의해 깨진 것이라고 말해야 할 것 같다. 바로 움직임의 불연속성을 미리 예고하는 착색의 불연속성이다.

오랫동안 기린을 보다 지친 팔로마르의 딸이 이제 펭귄 동굴 쪽으로 아빠를 끌고 간다. 펭귄을 보면 마음이 괴로워지는 팔로마르는 마지못해 따라가고, 자신이 기린에 관심을 갖게 된 이유를 자문한다. 아마 자기 주위의 세상이 조화롭지 않게 움직이고 있다고 생각하여 자신이 언제나 거기에서 어떤 도식이나 변하지 않는 것을 발견할 것으로 기대하기 때문일 것이다. 아마 자기 자신이 정신의 조화롭지 않은 움직임들, 서로 아무 관계도 없는 것 같고 어떤 내면적 조화의 모델로 짜 맞추기가 점점 더 어려운 움직임들에 밀려 나아가고 있다고 느끼기 때문일 것이다.

### 2.3.2. 알비노 고릴라

바르셀로나의 동물원에는 세상에 알려진 커다란 알비노 원숭이의 유일한 개체인 적도 아프리카의 고릴라가 있다. 팔로마르는 건물 안의 빽빽한 군중 사이로 비집고 들어간다. 판유리 너머의 '눈송이'[33](사람들은 그렇게 부른다.)는 산처럼 커다란 하얀 털로 이루어진 육신의 덩어리이다. 그는 한쪽 벽에 기대앉아 햇볕을 쬐고 있다. 사람처럼 장밋빛을 띤 얼굴에는 주름이 파여 있다. 드러난 가슴도 백인종의 피부처럼 장밋빛에 털이 없다. 그는 이따금 슬픈 거인처럼 거대한 얼굴을 자신과 1미터도 떨어지지 않은 유리 너머의 방문객들 쪽으로 돌린다. 쓸쓸함과 인내심과 지겨움이 가득한 느린 시선이며, 자신이 선택한 것도 아니고 사랑하는 것도 아닌 형태의 세상에서 유일한 개체로 그렇게 지내는 것에 대한 완전한 체념, 특이한 형상을 지니고 다녀야 하는 모든 노고, 그렇게 거추장스럽고 눈에 띄는 존재로 시간과 공간을 차지하고 있는 모든 고뇌를 표현하는 시선이다.

판유리는 높은 벽으로 둘러싸인 곳을 보여 주는데, 마치 감옥의 안뜰처럼 보이지만 실제로는 고릴라의 집-우리의 '정원'으로 그 바닥

33 원문에는 스페인어로 Copito de Nieve로 되어 있다.

에는 잎이 없는 나지막한 나무와 체육관에 있는 것 같은 철제 사다리가 솟아 있다. 안뜰의 조금 저쪽에는 암컷이 있는데, 커다란 검은색 고릴라로 똑같이 검은색 새끼를 팔에 안고 있다. 털의 하얀색은 유전되지 않았다. 그러니까 '눈송이'는 모든 고릴라 중에서 유일한 알비노로 남아 있는 것이다.

움직이지 않는 하얀색 고릴라는 팔로마르의 마음에 산이나 피라미드처럼 기억할 수 없는 고대를 상기시킨다. 하지만 실제로 그는 아직 젊은 고릴라이다. 장밋빛 얼굴과 그것을 둘러싼 짧고 하얀 털의 대비, 그리고 특히 눈 주위에 몰려 있는 주름으로 인해 노인처럼 보일 뿐이다. 게다가 '눈송이'의 모습은 다른 영장류보다 인간과 덜 닮은 편이다. 코의 자리에 있는 콧구멍은 두 개의 소용돌이처럼 파여 있으며, 털투성이에 분절되다 만 것 같은 형태로 길고 뻣뻣한 팔 끝에 달린 손은 사실 아직 발이다. 고릴라는 걸을 때 네발짐승처럼 팔을 땅바닥에 짚어 발처럼 사용한다.

그런데 그 팔과 발로 자동차 타이어 하나를 가슴에 껴안고 있다. 시간의 엄청난 공허 속에서 '눈송이'는 타이어를 절대 놓지 않는다. 그 물건은 그에게 무엇일까? 장난감일까? 물신(物神)일까? 부적일까? 팔로마르는 그 고릴라를 완벽하게 이해할 수 있을 것 같다. 모든 것이 자신에게서 빠져나가는 동안 단단히 붙잡고 있어야 할 물건, 동물원 방문객들뿐 아니라 암컷과 자식들에 의해서도 언제나 살아 있는 특별한 현상으로 간주되어야 하는 운명과 이질감, 고립의 고뇌를 달래 줄 물건이 필요했던 것이다.

암컷도 타이어를 갖고 있지만, 그녀에게 그것은 사용하는 물건으로서 실제적인 관계를 맺고 있으며 아무런 문제도 없다. 마치 소파처럼 그 안에 앉아 새끼의 이를 잡아 주면서 햇볕을 쬐고 있다. 그와 달리 '눈송이'에게 타이어와의 접촉은 어딘가 애정이나 소유와 관련된 것, 어떤 면에서는 상징적인 것처럼 보인다. 여기에서 그에게 하나의 틈새가 열릴 수 있는데, 인간이 삶의 당혹감에서 탈출구를 찾는 것과 같은 틈새이다. 말하자면 사물에다 자신을 투영하는 것이며, 기호들 안에서 자신을 확인하는 것이며, 세상을 상징들의 총체로 변환시키는 것이다. 마치 기나긴 생물학적 밤에 문화의 첫 여명이 비치는 것처럼 말이다. 그러기 위해 알비노 고릴라는 자동차 타이어만을 갖고 있다. 인간이 생산한 인공물로 자신에게 이질적이며 어떤 상징적 가능성도 없고 의미도 없고 추상적인 것인 그것을. 하지만 무엇이 그 공허한 원보다 낫게 부여하고 싶은 모든 의미를 띨 수 있겠는가? 어쩌면 고릴라는 원과 자신을 동일시함으로써 침묵의 바닥에서 언어가 분출하는 원천에 도달하고, 자기 삶을 결정하는 사실의 집요하고 냉담한 증거와 자기 생각 사이에 관계의 흐름을 설정하는 것일 수도 있다…….

동물원에서 나온 팔로마르는 알비노 고릴라의 모습을 머릿속에서 지우지 못한다. 만나는 사람과 그에 대해 이야기해 보지만, 누구도 귀를 기울이지 않는다. 밤에, 특히 불면의 시간이나 짧은 꿈속에서 계속 고릴라가 눈앞에 떠오른다. 그는 생각한다. "고릴라가 무언의 이야기를 하기 위해 타이어를 받침대로 사용하고 있는 것처럼, 나 역시 이 하얀 고릴라와 그렇게 마주하고 있어. 우리는 모두 오래된 텅 빈 타이어를 손안에서 굴리고 있고, 그것을 통해 언어가 도달하지 못하는 최종적인 의미에 도달하고 싶어 하지."

### 2.3.3. 뱀목[34]

팔로마르는 자신이 왜 이구아나에 마음이 끌리는지 알고 싶다. 파리에서 그는 이따금 식물원[35]의 파충류관을 방문하는데, 한 번도 실망한 적이 없다. 이구아나의 모습은 그에게 그 자체로 특이한 것, 아니, 유일한 것이 분명하다. 그 이상의 무언가가 있다는 느낌도 들지만 그게 무엇인지는 말할 수 없다.

녹색이구아나는 반점이 있는 아주 작은 비늘로 짠 듯한 녹색 피부로 뒤덮여 있다. 그런 피부가 지나치게 많다. 목과 발이 온통 주머니, 주름, 부푼 곳일 정도이다. 마치 몸에 잘 맞아야 할 옷이 사방에서 흘러내리는 듯한 형상이다. 척추를 따라서는 톱니 같은 볏이 솟아 꼬리까지 이어진다. 꼬리도 어느 지점까지는 녹색이고, 그 너머에서는 보다 희미해지면서 짙은 갈색과 옅은 갈색의 고리들이 교차한다. 녹색 비늘로 덮인 입 위에서 눈을 떴다 감았다 하는데, 그 시선과 관심, 슬픔이 어린 '진화된' 눈은 마치 용 같은 모습 아래에 또 다른 존재가 감추어져 있지 않을까 하는 관념을 불러일으킨다. 그러니까 우리가 신뢰하는 동물들과 더 비슷한 동물, 겉보기보다 우리와 동떨어지지 않은 살아 있는 존재가 말이다…….

그리고 턱 아래에 또 다른 볏이 있고, 목에는 청각 기관처럼 보이는 둥글고 하얀 판이 두 개 있다. 상당히 많은 액세서리와 잡다한 것들, 마무리 장식들과 보호 장치들과 함께 동물의 왕국과 아마 다른

34 뱀목 또는 유린목(有鱗目)은 동물 분류에서 파충강에 속하며 도마뱀과 뱀을 포함한다.
35 원문에는 프랑스어 Jardin des Plantes로 되어 있다.

왕국에서도 활용할 수 있는 형태들의 표본, 하나의 동물이 모두 갖추고 있기에는 너무 많은 이것들은 무엇 때문에 있는 것일까? 그 안에서 우리를 바라보는 누군가를 감추기 위해서일까?

다섯 발가락의 앞발은 근육질로서, 잘 형성된 진정한 팔의 끝에 달려 있지 않았다면 손이라기보다 새의 발톱을 상기시켰을 것이다. 그러나 식물이 접목한 것 같은 발가락과 함께 길고 부드러운 뒷발은 그렇지 않다. 하지만 그 전체 모습은 꼼짝 않고 체념적인 무감각의 바닥에서 힘의 이미지를 전달한다.

녹색이구아나의 유리 우리 앞에서 팔로마르는 걸음을 멈추었다. 십여 마리의 작은 이구아나들이 서로 달라붙어 있는 우리를 바라본 다음이었는데, 그 작은 이구아나들은 팔꿈치와 무릎을 유연하게 움직이며 계속해서 자리를 바꾸었으며, 모두 길게 늘어서 한 방향으로 몸을 펼치고 있었다. 빛나는 녹색 피부에 물고기들이 아가미를 갖고 있는 자리에 구릿빛 작은 점이 있고, 볏과 같은 하얀 수염이 있고, 검은 눈동자를 중심으로 맑은 눈이 펼쳐져 있었다. 자신과 똑같은 색깔의 모래에 몸을 숨기는 사바나의 왕도마뱀,[36] 악어처럼 검고 노르스름한 테구 또는 투피남비스[37]가 있었고, 사막 색깔에 털이나 잎처럼 두껍고 뾰족한 비늘의 아프리카 큰갑옷도마뱀[38]은 세상으로부터 자신을 배제하는 데 몰두하여 꼬리가 머리에 닿도록 몸을 웅크리고 있었다. 위쪽에 있는 회녹색 껍질과 투명한 저수조의 물속에 잠긴 등껍질 아래의 하얀 껍질은 부드럽고 살찐 것처럼 보이며, 뾰족한 입은

**36** 원문에는 Varano della Savana로 되어 있는데, 학명은 Varanus albigularis이다.

**37** Tegu 또는 Tupinambis는 모두 채찍꼬리도마뱀과(Teiidae)에 속한다.

**38** 학명은 Smaug giganteus으로 갑옷도마뱀과(Cordylidae)에 속한다.

높다란 목깃에서 솟아 나온 것 같다.

파충류관 안에서의 삶은 스타일도 없고 계획도 없는 형태들의 낭비처럼 보인다. 거기에서는 모든 것이 가능하고, 동물과 식물과 바위가 비늘과 가시, 결석(結石)을 서로 교환하지만 무한하게 가능한 조합들 중에서 단지 일부만, 아마 가장 믿을 수 없는 일부만 고정되어, 그것을 해체하고 뒤섞고 다시 형성하는 흐름에 저항한다. 그리고 그런 형태들 각각은 곧바로 세상의 중심이 되고, 여기 동물원의 길게 늘어선 유리 우리들 안에서 그렇듯이 다른 형태들과 영원히 분리되어 있으며, 각자 자기 고유의 기괴함, 필연성, 아름다움으로 확인되는 이 무한하게 많은 존재 방식들 안에 질서가, 세상에서 알아볼 수 있는 유일한 질서가 있다. 파리 식물원의 조명이 비추는 유리로 된 이 구아나 홀, 파충류들이 꿈속에서 자신의 원래 숲이나 사막의 나뭇가지와 바위, 모래 사이로 숨는 그곳은 세상의 질서를 반영한다. 그 질서가 관념의 하늘이 땅에 반영된 것이든, 아니면 사물의 본성, 존재하는 것의 바닥에 숨겨진 규범의 비밀이 밖으로 표현된 것이든 말이다.

그런 환경이 파충류들 그 자체보다 더 모호하게 팔로마르의 관심을 끄는 게 아닐까? 축축하고 습한 열기가 해면처럼 대기를 적시고, 강렬하고 무겁고 썩은 악취가 숨을 멈추게 만들고, 빛과 그림자가 움직이지 않는 낮과 밤의 뒤섞임 속에 고여 있다. 이것이 인간적인 것의 너머를 들여다보는 자의 느낌일까? 모든 우리의 유리 너머에는 인간 이전 또는 이후의 세계가, 인간의 세계는 영원한 것도 아니고 유일한 것도 아니라는 것을 보여 주고 있다. 그것을 자기 눈으로 확인하기 위해 팔로마르는 비단뱀, 보아, 대나무살모사,[39] 버뮤다의 살모사[40]가

자고 있는 우리들을 둘러보는 것일까?

하지만 인간이 배제된 세상 중에서 각각의 유리 우리는 아마 전혀 존재하지 않았을 수도 있는 자연의 연속성에서 떼어 낸 아주 작은 표본이며, 정교한 장치들을 통해 일정한 온도와 습도를 유지하는 몇 세제곱미터의 대기이다. 그러므로 이 대홍수 이전 동물 세계의 각 표본은 인공적으로 생명을 유지하고 있다. 마치 마음속의 가설, 상상력의 산물, 언어의 구성물, 유일하게 진정한 세상은 우리의 세상이라는 것을 증명하기 위한 역설적 논증처럼 말이다…….

이제야 파충류들의 냄새가 견딜 수 없어졌다는 듯 팔로마르는 갑자기 밖으로 나가고 싶은 욕망을 느낀다. 그러기 위해선 칸막이로 분리된 수조들이 길게 늘어선 악어들의 커다란 홀을 가로질러 가야 한다. 각 수조 옆의 마른 곳에는 악어들이 홀로 또는 짝을 이루어 엎드려 있다. 모두들 바랜 색깔에 통통하고 거칠고 무섭고 길게 몸을 펼치고, 기다랗고 잔인한 입과 차가운 배, 널찍한 꼬리 전체를 바닥에 납작하게 펼치고 있다. 다들 자고 있는 것 같다. 눈을 뜨고 있는 녀석들도 그렇다. 아니면 혹시 눈을 감고도 모두를 깜짝 놀라게 한 황량함에 깨어 있는지도 모른다. 이따금 그들 중 하나가 천천히 몸을 흔들고, 짧은 발 위로 약간 몸을 들어 올리고, 수조 가장자리로 기어가 낮게 텀벙 소리를 내며 떨어지면서 물결을 일으키고, 반쯤 물속에 잠긴 채 전처럼 꼼짝하지 않고 떠 있다. 그것은 엄청난 인내심인가, 아니면 끝없는 절망인가? 무엇을 기다리는가? 아니면 무엇을 더

---

**39** 원문에는 crotalo dei bambù로 되어 있는데, 학명은 Trimeresurus erythrurus이다.

**40** 원문에는 culevra arboricola delle Bermude로 되어 있는데, 중남미 지역에 서식하는 독사의 일종으로 학명은 Chironius quadricarinatus이다.

이상 기다리지 않는가? 어떤 시간 속에 잠겨 있는가? 개체의 탄생부터 죽음까지 빠르게 달리는 시간의 질주에서 빼내 온 종(種)의 시간 속인가? 아니면 대륙들을 이동시키고 솟아오른 지각을 단단하게 굳히는 지질학적 시대들의 시간 속인가? 아니면 태양 광선의 느린 냉각 속인가? 우리의 경험을 벗어난 시간에 대해 생각한다는 것은 쉽지 않은 일이다. 팔로마르는 서둘러 파충류관에서 나간다. 그곳은 이따금 스치듯이만 방문할 수 있는 곳이다.

# 3 팔로마르의 침묵

# 3.1. 팔로마르의 여행

## 3.1.1. 모래 정원

조그마한 뜰이 자갈만큼 굵은 하얀 모래에 덮여 있고, 다섯 덩어리의 고르지 못한 돌멩이 또는 낮은 암석 주위에 갈퀴로 평행 직선 또는 동심원 고랑들이 파여 있다. 이것은 일본 문명의 가장 유명한 기념물 중 하나인 교토 료안지(龍安寺)의 모래와 돌 정원으로, 불교에서도 가장 정신적인 종파인 선종 스님들의 가르침에 따라 언어로 표현될 수 있는 개념이 아닌 가장 단순한 수단으로 도달해야 하는 절대적인 것의 관조를 가장 전형적으로 보여 준다.

무색 모래의 직사각형 구역 중 세 면은 기와를 얹은 담으로 둘러싸여 있고 그 너머로는 나무들이 녹색으로 무성하다. 네 번째 면은 낮은 계단의 나무판으로 되어 있는데, 사람들은 지나가거나 멈추거나 앉을 수 있다. 일본어와 영어로 표기되어 방문객들에게 제공되며

절의 주지가 서명한 팸플릿에는 이런 설명이 적혀 있다. "내면의 눈이 이 정원의 모습에 몰입하게 되면 우리는 개인적 자아의 상대성에서 벗어나, 절대적 자아의 직관이 우리를 맑은 경이로움으로 가득 채우고 흐려진 마음을 정화하는 것을 느끼게 될 것이다."

팔로마르는 믿음을 갖고 이 충고를 따를 준비를 한다. 정원에 앉아 돌을 하나하나 바라보고, 하얀 모래의 물결을 뒤따르고, 그림의 요소들을 연결하는 정의할 수 없는 조화가 서서히 자신에게 침투하도록 놔두는 것이다.

말하자면 침묵과 고독에 집중하면서 이 선(禪)의 정원을 바라보는 사람이 느낄 수 있는 모든 것을 상상하려고 노력한다. 앞에서 잊고 말하지 않았지만, 팔로마르는 나무판 위에서 사방에서 밀치는 무수한 방문객들 한가운데에 끼어 있었고, 또한 수많은 카메라와 무비카메라 렌즈들이 군중의 팔꿈치와 무릎과 귀 사이로 비집고 들어가 자연광이나 플래시의 조명을 받는 돌과 모래를 모든 각도에서 프레임에 담고 있었다. 모직 바지를 입은 다리들의 무리가 그를 넘어가고(일본에서 언제나 그렇듯이 신발은 입구에서 벗어 놓는다.) 많은 아이들이 학구열 높은 부모에게 떠밀려 맨 앞으로 나아가고, 교복을 입은 학생 일행이 유명한 기념물의 답사를 가능한 한 빨리 끝내려고 안달하며 밀려가고 있다. 성실한 방문객들은 율동에 맞춰 고개를 끄덕이면서 팸플릿에 적혀 있는 것이 모두 현실에 부합하는지, 그리고 눈앞에 보이는 것이 모두 팸플릿에 적혀 있는지 확인한다.

"우리는 모래 정원을 무한히 넓은 대양에 있는 바위섬들의 군도로, 아니면 구름바다에서 솟아오른 높은 산들의 꼭대기로 볼 수 있다. 절의 담으로 둘러싸인 그림으로 볼 수도 있고, 그 테두리를 잊고 모래의 바다가 끝없이 퍼져 나가 온 세상을 뒤덮는다고 생각할 수도 있다."

이러한 '사용 설명'은 팸플릿 안에 들어 있는데, 팔로마르가 보기엔 이치에도 완벽하게 들어맞고 별 어려움 없이 곧바로 적용될 수 있을 듯하다. 정말로 벗어야 할 개성을 갖고 있으며, 해체될 수 있고 유일한 시선이 될 수 있는 자아의 내면에서 세상을 바라보고 있다고 확신한다면 말이다. 하지만 바로 그 출발점은 보완적인 상상력의 노력을 요구하는데, 수많은 눈을 통해 바라보고 수많은 발로 관광 방문의 의무적 노정을 지나가는 빽빽한 군중 속에 고유의 자아가 들러붙어 있을 땐 수행하기가 극히 어렵다.

그렇다면 극단적인 겸손함, 모든 소유와 오만에서 벗어남에 도달하기 위한 선의 정신적 기법은, 귀족적인 특권을 배경으로 요구하고, 자기 주위에 많은 공간과 많은 시간을 갖춘 개인주의와 걱정 없는 고독의 지평을 전제로 한다고 결론을 내릴 수밖에 없는 걸까?

하지만 대중문화의 확산으로 인해 잃어버린 낙원에 대한 통상적인 탄식으로 인도하는 그런 결론은 팔로마르의 눈에 너무 쉬운 것처럼 보인다. 차라리 그는 더 어려운 길로 가고 싶고, 선의 정원이 오늘 바라볼 수 있는 그 유일한 상황으로, 다른 목들 사이로 자기 목을 내밀고 바라보도록 자신에게 제시하는 것을 포착하기 위해 노력하고 싶다.

무엇을 보는가? 엄청난 숫자의 시대에 군중으로 확산되는 인류를 보는데, 그 군중은 평준화되었지만 여전히 세상의 표면을 뒤덮은 모래 알갱이들의 바다처럼 구별되는 개성들로 이루어져 있다……. 그럼에도 세상이 인류의 운명에 무관심한 본성의 바위 등성이, 인간의 동화에 굴하지 않는 자신의 단단한 실체를 계속 보여 주는 것을 본다……. 인간-모래가 모여 갈퀴의 직선이나 원형의 흔적처럼 유동성과 규칙성을 조합하는 그림, 유동적인 선을 따라 배치되는 형태들을 본다……. 그리고 인간-모래와 세상-바위 사이에서 하나의 조화를 직관한다. 동질적이지 않은 두 개의 조화 사이에서 가능한 조화 같은 것으로, 어떤 유형에도 상응하지 않을 것 같은 힘들의 균형 속에서 비인간적인 것의 조화, 그리고 절대 결정적이지 않은 기하학적이거나 음악적 구성의 합리성을 열망하는 인간적 구조들의 조화 사이에서 가능한 조화를…….

### 3.1.2. 뱀과 해골

멕시코에서 팔로마르는 톨테카 사람들의 옛 수도 툴라의 유적을 방문하고 있다. 멕시코 친구가 동행 중인데, 그는 스페인 점령 이전 문명들을 열광적이고 설득력 있게 설명할 수 있는 전문가로 케찰코아틀에 대한 멋진 전설을 들려준다. 케찰코아틀은 신이 되기 전에 이곳 툴라에 왕궁을 갖고 있던 왕이다. 그 왕궁에는 고대 로마의 궁전과 약간 비슷하게 임플루비움[41] 주위에 잘려 나간 기둥들이 길게 늘어서 있다.

'새벽별'의 신전은 계단으로 된 피라미드이다. 꼭대기에 있는 '아틀라스'라는 네 개의 원통형 인물상[42]은 별의 상징으로 어깨에 지닌

41 고대 그리스나 로마의 주택 안뜰의 움푹 파인 곳으로 빗물을 모아 두던 곳.

42 원문에는 cariatide로 되어 있는데 여상주(女像柱), 말하자면 여자 모양으로 조각된 기

나비를 통해 새벽별로서의 케찰코아틀 신을 표현하고, 네 개의 조각된 기둥은 '털 있는 뱀', 그러니까 동물의 형태를 한 똑같은 신을 표현한다.

이 모든 것은 말 그대로 믿을 수밖에 없다. 다른 한편으로 그 반대를 증명하는 것도 어려운 일일 것이다. 멕시코의 고고학에서 모든 동상, 모든 대상, 돋을새김의 모든 세부는 무언가를 의미하고, 그 무언가는 다른 무엇을 의미하고, 또 그것은 다른 무엇을 의미한다. 어떤 동물은 신을 의미하고, 신은 별을 의미하고, 별은 인간의 자질이나 요소를 의미하는 식이다. 그곳은 그림 문자로 글을 쓰는 세계이다. 옛날 멕시코 사람들은 글을 쓰기 위해 그림을 그렸고, 그림을 그릴 때에도 글을 쓰는 것 같았고, 따라서 글은 해독해야 하는 그림 수수께끼 같은 것이었다. 신전 벽의 지극히 추상적이고 기하학적인 장식도 거기에서 단절된 선(線)의 모티브가 보일 경우 화살로 해석될 수 있다. 아니면 문양 패턴들이 이어지는 방식에 따라 숫자들의 연속으로 읽을 수도 있다. 이곳 툴라에서 돋을새김들은 양식화된 동물 형상으로 재규어, 코요테를 묘사한다. 멕시코 친구는 모든 돌 앞에 멈추어 그것을 우주적 이야기, 알레고리, 도덕적 성찰로 전환시킨다.

유적들 사이로 학생들 한 무리가 지나간다. 어쩌면 그 신전 건설자의 후손일지도 모를 인디오 용모의 튼튼한 소년들로 파란 손수건에 보이 스카우트 유형의 단순하고 하얀 교복을 입고 있다. 소년들보다 별로 크지도 않고 나이도 많아 보이지 않는 젊은 인솔 교사의 얼굴 역시 둥글고 확고한 갈색이다. 그들은 피라미드의 높은 계단을 올

둥을 가리키며, atlante(영어로는 아틀라스(atlas)), 즉 남상주(男像柱)와 대비된다. 툴라의 신전에는 남자 전사의 형상을 한 기둥이 있다.

라가 기둥들 아래에서 멈춘다. 교사는 어느 문명, 어느 시대에 속하는지, 어떤 돌로 조각되었는지 설명한 다음 이렇게 결론을 내린다. "무엇을 의미하는지는 알 수 없습니다." 그러면 학생들은 교사를 따라 아래로 내려간다. 모든 동상마다, 돋을새김이나 기둥에 조각된 형상마다 교사는 일부 사실 자료를 제공하고 변함없이 덧붙인다. "무엇을 의미하는지는 알 수 없습니다."

상당히 많이 알려진 동상인 착몰[43]이 있다. 반쯤 누운 인간의 형상이 쟁반을 받쳐 들고 있는데, 전문가들이 공통적으로 말하는 바에 의하면 그 쟁반에 피가 뚝뚝 떨어지는 인간 제물 희생자의 심장을 담아 바쳤다고 한다. 동상 자체는 너그럽고 순진한 인형처럼 보일 수도 있다. 하지만 팔로마르는 볼 때마다 전율하지 않을 수 없다.

학생들의 행렬이 지나간다. 교사가 말한다. "이것은 착몰입니다. 무엇을 의미하는지는 알 수 없습니다."[44] 그리고 앞으로 나아간다.

팔로마르는 자신을 안내하는 친구의 설명을 들으면서도 계속해서 학생들 무리와 마주치고 교사의 그 말을 듣는다. 친구의 풍부한 신화적 설명에 매료된 팔로마르에게 해석의 유희, 알레고리적 읽기는 언제나 탁월한 정신 훈련처럼 보인다. 하지만 그는 그 교사의 상반된 태도에도 끌림을 느낀다. 처음에는 성급한 관심의 결핍처럼만 보이던 것이, 시간이 지날수록 과학적이고 교육적인 입장이며 그 신중하고 양심적인 젊은이의 방법론적 선택, 위반하고 싶지 않은 규칙처럼 보였다. 고유의 맥락에서 분리되어 우리에게 전해지는 하나의 돌,

---

**43** 중앙아메리카 고대 문명에서 신과 인간을 매개하는 존재로, 두 무릎을 세우고 상반신을 반쯤 일으키고 옆으로 누운 모양의 석상이다.

**44** 원문에는 스페인어로 'Esto es un chac-mool. No se sabe qué quiere decir.'라고 되어 있다.

형상, 기호, 낱말은 단지 그 돌, 그 형상, 그 기호나 낱말이며, 우리는 그것을 그 자체로 묘사하고 정의하고자 할 수 있고, 그것으로 충분하다. 만약 그것들이 우리에게 보여 주는 얼굴 너머에 감추어진 얼굴이 있다면 우리로서는 그것을 알 도리가 없다. 그 돌들이 우리에게 보여 주는 것 이상으로 이해하기를 거부하는 것은 어쩌면 그것들의 비밀을 존중하기 위해 선택할 수 있는 유일한 방법일지도 모른다. 추측하려고 시도하는 것은 주제넘은 짓이며, 잃어버린 진정한 의미를 배반하는 일이다.

피라미드 뒤에 두 개의 벽 사이로 일종의 통로 또는 참호가 있는데, 벽 하나는 다진 흙으로 되어 있고, 다른 하나는 조각된 돌로 된 '뱀들의 벽'이다. 아마도 툴라의 가장 아름다운 부분일 것이다. 돋을새김 장식에는 뱀들이 이어지고, 각각의 뱀은 마치 잡아먹으려는 듯이 벌린 입안에 인간의 해골을 물고 있다.

학생들이 지나간다. 그리고 교사가 말한다. "이것은 '뱀들의 벽' 입니다. 각각의 뱀은 해골을 입에 물고 있지요. 무엇을 의미하는지는 알 수 없습니다."

친구가 참지 못하고 말한다. "당연히 알 수 있습니다! 삶과 죽음의 연속성입니다. 뱀은 삶이고 해골은 죽음이지요. 삶이 삶인 것은 죽음을 함께 지니고 있기 때문이고, 죽음이 죽음인 것은 죽음이 없으면 삶이 없기 때문이지요……."

학생들이 검은 눈을 동그랗게 뜨고 입을 벌린 채 듣는다. 팔로마르는 모든 번역이 또 다른 번역을 요구하고, 그런 식으로 계속된다고 생각한다. 그리고 자문한다. '옛날 톨테카 사람들에게 죽음, 삶, 연속성, 이행은 무엇을 의미했을까? 그리고 이 학생들에게는 무엇을 의미할까? 그리고 나에게는 무엇을 의미할까?' 그러면서도 번역의 필요성, 한 언어에서 다른 언어로, 구체적인 형상에서 추상적인 낱말로, 추상적인 상징에서 구체적인 경험으로 이행하고, 유사한 것들의 그물을 짜고 또다시 짜야 할 필요성을 절대 억누를 수 없으리라는 것을 알았다. 해석을 하지 않는다는 것은 불가능하다. 생각을 억제할 수 없는 것처럼 말이다.

학생들이 모퉁이 너머로 사라지자 자그마한 교사의 집요한 목소리가 곧 다시 들려온다. "사실이 아니에요. 저 신사가 말한 것은 사실이 아닙니다. 무엇을 의미하는지는 알 수 없습니다."

### 3.1.3. 짝짝이 슬리퍼

동양의 어느 나라를 여행하던 중 팔로마르는 시장에서 슬리퍼 한 켤레를 샀다. 집에 돌아와서 신어 보고야 그는 한쪽 슬리퍼가 다른 쪽보다 커서 발에서 벗겨진다는 것을 알았다. 시장 한쪽에 온갖 크기의 슬리퍼들이 혼란스럽게 쌓여 있고, 그 무더기 앞에 늙은 상인이 쭈그리고 앉아 있던 모습이 떠올랐다. 상인은 그의 발에 맞는 슬리퍼를 찾기 위해 무더기를 뒤지고 신어 보게 했으며, 그런 다음 다시 뒤져 짝으로 추정되는 신을 건네주었다. 그것을 그가 신어 보지도 않고 받았던 것이다.

"아마 지금쯤 다른 사람이 짝짝이 슬리퍼를 신고 그 나라를 돌아다니겠지." 팔로마르는 생각한다. 그리고 어느 호리호리한 그림자가 걸을 때마다 발에서 벗겨지는 슬리퍼, 아니면 비틀린 발을 가두는 너무 좁은 슬리퍼를 신고 절룩이며 사막을 지나가는 모습을 그려 본다. "아마 그 사람도 이 순간 나를 생각하고, 나를 만나 교환하기를 바라겠지. 우리를 연결하는 관계는 인간 존재들 사이에 설정되는 대부분의 관계보다 훨씬 구체적이고 분명해." 그는 미지의 불행한 동료와 유대감을 느끼며 그렇게 드문 보완 관계, 한 대륙에서 다른 대륙으로 절룩이는 걸음걸이의 그런 반영 관계를 생생하게 유지하기 위해 그 짝짝이 슬리퍼를 계속 신고 다니기로 결심한다.

그런 이미지에 머물러 있지만 그는 그것이 사실과 다르다는 것을 안다. 대량 생산되는 수많은 슬리퍼는 주기적으로 그 시장에 있는 늙은 상인의 무더기에 제공될 것이다. 그리고 무더기 바닥에는 언제나 짝짝이 슬리퍼 두 개가 남아 있을 것이다. 늙은 상인이 재고품을 다 팔 때까지 말이다.(그리고 아마 절대 다 팔지 못할 것이며, 그가 죽으면 가게는 모든 상품과 함께 그의 상속인에게, 또 상속인의 상속인에게 넘어갈 것이다.) 그러므로 무더기 속에서 찾으면 언제나 다른 슬리퍼와 짝을 이룰 슬리퍼를 발견할 수 있을 것이다. 자기처럼 산만한 구매자에게나 이런 실수가 허용되겠지만, 그 실수의 결과가 그 오래된 시장의 다른 방문자에게 영향을 주기까지는 오랜 세월이 흐를지도 모른다. 세상 질서의 모든 해체 과정은 돌이킬 수 없지만, 그 결과는 새로운 대칭과 조합, 짝 맞추기의 실질적으로 무한한 가능성을 가진 엄청난 숫자들의 먼지구름에 의해 감춰지고 지연된다.

하지만 만약 상인의 실수가 단순히 이전의 실수를 없애는 것이었다면? 그의 산만함이 무질서가 아니라 질서를 가져오는 것이었다면? 팔로마르는 생각한다. '어쩌면 상인은 자신이 무슨 짓을 하는지 잘 알았을지도 몰라. 나에게 그 짝짝이 슬리퍼를 줌으로써, 그 시장에서 몇 세대 전부터 전해진 슬리퍼 무더기 안에 오래전부터 감추어져 있던 불균형을 바로잡았던 것이야."

미지의 동료는 다른 시대에 절룩거렸을 수도 있고, 그들 걸음걸이의 대칭은 한 대륙에서 다른 대륙으로뿐 아니라 오랜 시간의 거리에 반응할 수도 있다. 그렇다고 해서 팔로마르가 그와 느끼는 유대감이 작아지는 것은 아니다. 자신의 그림자에게 위안을 주기 위해 그는 계속 힘겹게 슬리퍼를 끌고 다닌다.

## 3.2. 사회 속의 팔로마르

### 3.2.1. 자기 혀 깨물기

모든 사람이 자기 의견이나 판단을 선언하는 시대와 나라에서 사는 동안 팔로마르는 어떤 주장을 하기 전에 자기 혀를 세 번 깨무는 습관을 갖게 되었다. 만약 혀를 세 번째로 깨물 때까지 자신이 하려던 말에 대해 확신이 선다면 그때 말을 하는 것이다. 그렇지 않은 경우엔  침묵한다. 실제로 침묵 속에서 몇 주 또는 몇 달이 지나가기도 한다.

침묵하기 좋은 기회가 없는 건 아니지만 팔로마르는 가끔 적절한 순간에 할 말을 하지 못한 걸 후회하기도 한다. 자신이 생각했던 것을 사실이 확인해 주고, 그 당시 자기가 생각을 표현했다면 이미 일어난 사건에 비록 작지만 어떤 긍정적인 영향을 줄 수도 있었다는 것을 깨닫는다. 그 경우 그의 마음은 올바르게 생각했다는 흡족함과,

지나치게 유보적인 태도를 취했던 것에 대한 죄의식으로 나뉜다. 두 느낌 모두 아주 강렬하여 말로 표현하고 싶을 정도이다. 하지만 자신의 혀를 세 번 깨물고 나면, 전혀 자부할 것도 없고 후회할 것도 없다는 확신이 선다.

올바르게 생각했다는 것이 장점은 아니다. 통계적으로 보면 불가피하게 머릿속에 떠오르는 혼란스럽거나 평범하고 엉뚱한 여러 생각 중에서 일부는 명석하거나 심지어 천재적이기까지 하다. 자신이 그랬으니 분명히 다른 사람도 그랬을 것이다.

더 논쟁의 여지가 있는 것은 자기 생각을 표현할 것이냐 말 것이냐에 대한 판단이다. 일반적인 침묵의 시기에 대다수의 침묵에 순응하는 것은 분명히 잘못이다. 모두가 너무 많이 말하는 시기에 중요한 것은, 어쨌든 말의 파도 속으로 사라질 올바른 것을 말하는 것보다, 분명한 전제에서 출발하여 말하면서, 말하는 것에 최대한의 가치를 부여하는 결론을 암시하는 것이다. 하지만 그렇다면, 만약 개별적인 주장의 가치가 입 밖으로 나온 담론의 일관성과 연속성에 있다면, 선택할 수 있는 것은 계속해서 말을 할 것이냐, 아예 말을 하지 않을 것이냐뿐이다. 말하기를 선택할 경우 팔로마르는, 자기 생각이 직선이 아니라 지그재그로 동요와 부정, 수정을 통해 나아가고 그 한가운데에서 자기주장의 올바름이 사라진다는 것을 드러낼 것이다. 두 번째 대안의 경우엔 침묵하기 기술이 말하기 기술보다 훨씬 더 어렵다는 의미를 함축한다.

실제로 침묵 역시 다른 사람들이 언어를 사용하는 것에 대한 거부이기 때문에 일종의 담론으로 간주될 수 있다. 하지만 그런 침묵-담론의 의미는 그 중단, 말하자면 이따금 말을 하고 침묵하는 것에 의미를 부여하는 데 있다.

아니, 정확히 말하자면 침묵은 어떤 말을 배제하거나 아니면 더 나은 기회에 사용되도록 보관해 두는 데 유용할 수 있다. 지금 말해진 한마디 말이 내일 백 마디 말을 절약하거나 아니면 다른 천 마디 말을 강요할 수 있는 것처럼 말이다. 팔로마르는 마음속으로 결론을 내린다. '나는 혀를 깨물 때마다 내가 말하거나 말하지 않으려고 하는 것뿐만 아니라 만약 내가 말하거나 말하지 않으면, 나나 다른 사람들이 말하거나 말하지 않을 모든 것에 대해서도 생각해야 해.' 그런 생각을 한 다음 자기 혀를 깨물고 침묵 속에 머문다.

### 3.2.2. 젊은이들에게 화내기에 대해

젊은이들에 대해 노인들이 참지 못하고 노인들에 대해 젊은이들이 참지 못하는 것이 최고조에 달한 시대에, 노인들은 결국 젊은이들에게 가치 있는 것을 말하기 위한 논거들만 쌓고, 젊은이들은 노인들이 아무것도 이해하지 못한다는 것을 증명하기 위해 그런 기회만 기다리는 시대에 팔로마르는 쉽사리 말을 꺼내지 못한다. 이따금 대화에 끼어들려고 하면, 모두들 자신이 지지하는 주장에만 빠져 그가 자기 자신에게 밝히려고 노력하는 것에는 관심도 기울이지 않는다는 것을 깨닫는다.

사실 그는 자신의 진리를 주장하기보다 질문을 하고 싶은데, 누구도 자기 담론의 궤도에서 벗어나 그의 질문에 답하려고 하지 않는다. 다른 담론에서 나온 그 질문은 똑같은 것을 다른 말로 다시 생각하도록 강요하거나, 안전한 경로에서 멀리 떨어진 미지의 영토에 있도록 강요할지도 모른다. 아니면 다른 사람들이 자신에게 질문하기를 원하지만, 자신도 다른 질문이 아닌 특정한 질문만 좋아할지 모른다. 바로 자신이 말할 수 있다고 느끼지만, 누군가가 자신에게 말하도록 요구할 경우에만 말할 수 있는 것을 말함으로써 대답할 수 있는 질문이다. 어쨌든 누구도 그에게 무언가를 요구하는 건 꿈도 꾸지 않는다.

그런 상황에서 팔로마르는 젊은이들에게 말하는 것의 어려움에 대해 혼자 곰곰이 생각한다.

'어려움은 우리와 그들 사이에 메울 수 없는 간격이 있다는 사실에서 시작돼. 우리 세대와 그들 세대 사이에 무슨 일인가가 일어났고, 경험의 연속성이 깨졌어. 우리에겐 더 이상 공통의 기준점이 없어.'

그리고 또 생각한다. "아니야. 어려움은 내가 그들을 비난하거나 비판하거나 훈계하거나 충고하려고 할 때마다, 나도 역시 젊었을 때 똑같은 종류의 비난이나 비판이나 훈계나 충고를 받았으며 그것을 들을 생각도 하지 않았다는 사실에서 나오지. 당시는 시대가 달랐고, 따라서 행동이나 언어, 풍습에 많은 차이가 있었어. 하지만 당시의 내 정신 작용은 오늘날의 젊은이들과 크게 다르지 않았어. 그러니까 나는 말할 자격이 전혀 없어."

팔로마르는 그런 두 가지 문제 고려 방식 사이에서 흔들린다. 그리고 결정한다. '두 입장 사이에는 모순이 없어. 경험이란 전달할 수 없고 우리가 이미 저지른 실수를 다른 사람들이 피하게 할 수도 없다는 사실에서 세대 사이의 연속성 문제가 해결되지. 두 세대 사이의 거리감은 마치 생물학적 유전으로 전달되는 동물들의 행동처럼 공통으로 갖고 있으면서 똑같은 경험을 순환적으로 반복하도록 만드는 요소들에 의해 만들어져. 반면에 우리와 그들 사이에 존재하는 상이한 요소들은 모든 시대가 갖고 있는 돌이킬 수 없는 변화의 결과야. 말하자면 우리가 그들에게 전달해 준 역사적 유산, 때로는 무의식적이지만 우리에게 책임이 있는 진정한 유산에 달려 있어. 그렇기 때문에 우리에겐 가르칠 것이 전혀 없어. 우리의 경험과 아주 비슷한 것에 대해 우리는 영향을 줄 수 없어. 우리의 흔적을 지닌 것에서 우리는 우리 자신을 확인할 수 없어."

### 3.2.3. 모델들의 모델

팔로마르의 삶에서 이런 규칙을 세웠던 시절이 있었다. 첫째, 마음속에 가능한 한 가장 완벽하고 논리적이고 기하학적인 모델을 세운다. 둘째, 그 모델이 경험을 통해 관찰될 수 있는 실제 경우들에 적합한지 검증한다. 셋째, 모델과 현실이 일치하도록 필요한 수정을 가한다. 물질이나 우주의 구조에 대해 연구하는 물리학자나 천문학자가 공들여 만드는 이런 방식은 팔로마르에게 인간의 가장 복잡한 문제들, 특히 사회와 더 나은 통치 방식의 문제들을 다룰 수 있는 유일한 방식처럼 보였다. 한편으로는 재난과 잔인함만 유발하는 인간 공존의 어리석고 불완전한 현실을 고려하고, 또 다른 한편으로는 완벽한 사회적 유기체의 모델, 뚜렷하게 그려진 선들, 직선과 원과 타원, 힘들의 평행 사변형, 가로 좌표와 세로 좌표의 도표로 그려진 모델을 고려할 수 있어야 했다.

모델을 세우기 위해서는 무언가에서 출발해야 한다는 것을 팔로마르는 알고 있었다. 말하자면 연역(演繹)을 통해 고유의 추론을 이끌어 낼 원리들이 있어야 했다. 공리 또는 공준(公準)이라 부르기도 하는 그런 원리들은 사람들이 선택하는 것이 아니라 이미 갖고 있는 것이다. 만약 그것이 없다면 사람은 생각조차 할 수 없을 것이기 때문이다. 팔로마르도 이미 그것을 갖고 있었지만 수학자나 논리학자가 아니기 때문에 그것들을 정의할 생각은 하지 않았다. 어쨌든 연역하기는 그가 좋아하는 활동 중 하나였다. 어떤 장소나 순간에 소파에 앉아 있거나 산책을 하면서 특별한 도구 없이 혼자 침묵 속에서 거기에 몰두할 수 있기 때문이다. 반면 귀납(歸納)에 대해서는 약간 불신했는데, 아마도 자신의 경험이 개략적이고 부분적이라고 생각했기 때문일 것이다. 따라서 모델 세우기는 그에게 모호하게 남아 있는 원리들과 포착할 수 없는 경험 사이의 경이로운 균형이었지만, 그 결과는 그 두 가지보다 훨씬 더 견고하고 일관성이 있어야 했다. 실제로 잘 세워진 모델에서 모든 세부는 다른 세부들에 의해 전제됨으로써, 마치 기어 하나가 고장 나면 전체가 고장 나는 기계처럼, 전체가 절대적인 일관성으로 연결되어야 한다. 정의상 모델은 바꿀 것이 전혀 없이 완벽하게 기능하는 것이다. 반면에 우리가 잘 알다시피 현실은 잘 기능하지도 않고 사방에서 망가지기 일쑤라 좋든 나쁘든 모델의 형식을 갖추도록 강요할 수밖에 없다.

오랫동안 팔로마르는 냉정함과 거리감에 도달하기 위해 노력했다. 중요한 것은 도식의 선들뿐이며, 인간 현실이 모델과 동일화되기 위해 겪어야 하는 모든 찢어짐과 비틀림과 짓눌림은 순간적이고 중요하지 않은 우연들로 간주되도록 말이다. 하지만 이상적인 모델들의 하늘에 그려진 조화로운 기하학적 형상을 응시하는 것을 잠시라도 멈추면, 잔인함과 재난들이 전혀 사라지지 않았으며 도식의 선들이 비틀리고 일그러져 보이는 인간의 풍경이 곧바로 눈에 드러났다.

그럴 경우 필요한 것은 섬세한 조정 작업이었다. 모델을 최대한 현실에 가까이 접근시키고 현실을 모델에 가까이 접근시키기 위한 점진적인 조정. 실제로 인간의 본성은 그가 처음에 생각했던 것처럼 한없이 유연하지 않았다. 그 대신 아주 엄격한 모델도 예상하지 못한 어느 정도의 탄력성을 보여 주었다. 간단히 말해 모델이 현실을 변화시키지 못한다면, 현실이 모델을 변화시켜야 했다.

팔로마르의 규칙은 조금씩 변화되었고, 이제는 아주 다양한 모델, 아마 조합 방식에 따라 다른 모델로 전환될 수 있는 모델을 필요로 했다. 현실에 더욱 적합한 모델을 찾기 위해서인데, 그 현실은 자기 나름대로 시간과 공간 속에서 언제나 다양하고 많은 현실로 이루어진 것이었다.

그러는 동안 팔로마르는 직접 모델을 만들거나 이미 만들어진 모델을 적용하려 하지 않았고, 현실과 원리 사이에 자꾸만 더 벌어지는 심연을 메우기 위해 올바른 모델의 올바른 사용을 상상하는 데에만 머물렀다. 간단히 말해 모델이 운용되고 조작되는 방식은 그의 능력이나 그의 개입 가능성 안에 들어 있지 않았다. 그런 것을 다루는 사람들은 일반적으로 그와 전혀 다른 사람들로, 그들은 원리나 사람들의 삶에서의 결과보다 특히 권력의 도구 같은 전혀 다른 기준에 따라 그 기능성을 판단한다. 그것은 아주 자연스러운 일이다. 모델들이 모델로 삼으려고 노력하는 것은 언제나 권력의 체계이기 때문이다. 하지만 만약 체계의 효율성이 견고함과 지속 능력으로 측정된다면, 모델은 두꺼운 성벽으로 밖에 있는 것을 감추는 일종의 요새가 된다. 권력과 반대 권력에서 언제나 최악을 예상하는 팔로마르는, 결국 중요한 것은 그것들에도 '불구하고' 정말로 일어나는 것, 사회가 습관과 사고방식, 가치 체계에서 천천히, 말없이, 익명으로 취하는 형식이라고 확신하게 되었다. 상황이 그렇다면 팔로마르가 염원하던 모델들의 모델은 마치 거미줄처럼 섬세하고 투명하고 환히 비치는 모델을 형성하는 데, 심지어 아마 모델을 해체하는 데, 아니, 자신이 해체되는 데 이용되어야 할 것이다.

여기에서 팔로마르는 모델과 모델의 모델을 자기 머릿속에서 지우는 수밖에 없었다. 그런 과정까지 수행하고 나자 전혀 지배할 수 없고 동질화될 수 없는 현실과 직면하여 자신의 "예", 자신의 "아니오", 자신의 "하지만"을 형성하게 되었다. 그렇게 하기 위해서는 마음은 완전히 비운 채로, 검증될 수 없고 함축된 원리들과 경험의 단편들로 이루어진 기억만 갖고 있는 것이 낫다. 그것은 그가 어떤 특별한 만족감을 얻을 수 있는 행동 지침이 아니라 유일하게 실천할 수 있는 것이다.

사회의 악과 남용하는 자의 남용을 증명할 때까지 그는 망설이지 않는다.(다만 너무 많이 말하면 올바른 것도 반복적이고 명백하고 지루하게 들릴 수 있음을 걱정할 뿐이다.) 치유책에 대해 말하기란 더욱 어렵다. 먼저 그것이 더 큰 악과 남용을 유발하지 않을 것이며, 깨우친 개혁자들이 현명하게 준비할 경우 나중에 그 후계자들이, 어쩌면 무능력하고, 어쩌면 전횡적이고, 어쩌면 무능력하면서 동시에 전횡적인 후계자들이 아무 피해 없이 실천할 수 있다는 것을 확인하고 싶기 때문이다.

그런 멋진 생각을 체계적인 형식으로 설명하기만 하면 된다. 하지만 양심의 가책이 그를 억누른다. 만약 거기에서 하나의 모델이 나온다면? 그래서 그는 자신의 확신은 유동적인 상태로 놔두고, 경우에 따라 검증하고, 행동하거나 행동하지 않는 데에서, 선택하거나 배제하는 데에서, 말하거나 침묵하는 데에서 그 확신을 일상적인 자기 행동의 암묵적 규칙으로 삼기로 했다.

# 3.3. 팔로마르의 사색

## 3.3.1. 세상이 세상을 바라본다

기억할 가치도 없는 일련의 지성적 역경을 겪은 후에 팔로마르는 결심했다. 자신의 주요 활동은 모든 것을 밖에서 바라보는 것이 될 것이라고. 약간 근시에 산만하고 내성적인 그는 성격상 일반적으로 관찰자로 정의되는 그런 인간 유형에 포함되지는 않는 듯하다. 그런데도 돌담이나 조개껍질, 나뭇잎, 주전자처럼 특정한 사물이 그에게 마치 자세하고 지속적인 관심을 요구하는 것처럼 보일 때가 있다. 그러면 거의 무의식적으로 관찰을 시작하고 그의 시선은 거기에서 떨어질 줄을 모른다. 팔로마르는 이제부터 첫째, 사물들에서 자신에게 오는 그런 부름을 놓치지 않고, 둘째, 관찰 작업에 합당한 중요성을 부여하는 데에서 자신의 주의를 배가시키리라 결심했다.

여기에서 처음으로 위기의 순간이 나타났다. 이제부터 세상이 그에게 바라보아야 할 것을 무궁무진하게 드러낼 것이라고 확신한 팔로마르는 자신의 사정거리 안에 있는 모든 것을 응시하려고 애쓴다. 그런데 어떤 즐거움도 느끼지 못하고 중단한다. 이제 두 번째 단계로 바라보아야 할 것은 다른 것이 아니라 그중 일부라고 확신하고 그것을 찾으러 가야 한다. 그러려면 매번 선택과 배제, 선호의 순서 문제와 직면해야 한다. 곧이어 모든 것을 망치고 있다는 것을 깨닫는다. 자신의 자아와 그 자아와 함께 가진 모든 문제를 연루시킬 때면 언제나 그러하듯이 말이다.

하지만 자아를 한쪽에 제쳐 두고 어떻게 무언가를 바라볼 것인가? 바라보는 눈은 누구의 눈인가? 대부분 자아는 창턱에 기대 자신의 눈으로 자기 앞에 완전히 방대하게 펼쳐진 세상을 바라보는 자라고 생각한다. 그러니까 세상으로 난 창문이 있다. 그 너머에는 세상이 있다. 그렇다면 이쪽에는 무엇이 있을까? 여전히 세상이 있다. 다른 무엇이 있기를 바라는가? 약간의 집중 노력과 함께 팔로마르는 세상을 그곳 앞에서 이동시켜 창턱에 배치하는 데 성공한다. 그렇다면 창문 밖에는 무엇이 남아 있는가? 거기에도 세상이 있고, 이것을 계기로 세상은 바라보는 세상과 바라보이는 세상으로 나뉘었다. 그렇다면 '자아'로 일컬어지기도 하는 그, 말하자면 팔로마르는? 그도 역시 세상의 일부로 다른 세상의 일부를 바라보고 있지 않은가? 아니면 창문 이쪽의 세상과 저쪽의 세상이 있기 때문에, 자아는 창문에 불과하며 그 창문을 통해 세상은 세상을 바라보고 있는지도 모른다. 세상은 자기 자신을 바라보기 위해 팔로마르의 눈과 안경을 필요로 한다.

그러니까 팔로마르가 내부가 아니라 외부에서 사물을 바라보는 것으로는 충분하지 않다. 이제부터 그는 자신의 내부가 아니라 외부에서 오는 시선으로 사물을 바라볼 것이다. 그는 곧바로 실험을 시도한다. 이제 그가 바라보는 것이 아니라 외부의 세상이 외부를 바라본다. 그렇게 결정하고 그는 전체적인 변화를 기대하며 주위로 시선을 돌린다. 하지만 말도 안 돼. 언제나와 똑같은 잿빛이 그를 둘러싸고 있다. 모든 것을 처음부터 다시 검토할 필요가 있다. 외부가 외부를 바라보는 것으로는 충분하지 않다. 바라보이는 사물로부터 궤도가 출발하여 바라보는 사물과 연결되어야 한다.

말없이 펼쳐진 사물들로부터 하나의 기호, 부름, 눈짓이 출발해야 한다. 사물 하나가 무언가를 의미하기 위하여 다른 사물들에게서 분리된다……. 무엇을 의미하려는 것일까? 자기 자신이다. 사물은 다른 것이 아니라 자기 자신을 의미하는 사물들 한가운데에서, 다른 것이 아니라 자기 자신을 의미한다고 확신할 때에만 다른 사물들에 의해 바라보이는 것에 만족한다.

물론 그런 기회가 자주 오는 것은 아니다. 하지만 조만간 올 것이다. 세상을 바라보며 동시에 바라보이기를 원하고 팔로마르가 그 한가운데로 지나가는 그런 행운의 일치가 일어나기를 기대하는 것으로 충분하다. 말하자면 팔로마르는 기대하지도 말아야 한다. 그런 일은 기대하지 않을 때에만 일어나기 때문이다.

### 3.3.2. 거울로서의 우주

팔로마르는 이웃과의 관계가 어려워 무척이나 괴롭다. 언제나 정확하게 말할 것을 찾아내고, 누군가에게 정확하게 말을 건네는 방법을 찾아내는 재능을 가진 사람들이 부럽다. 그들은 누구와 함께 있든 편안하고 다른 사람들을 편안하게 해 주며, 사람들 사이로 가볍게 움직이면서, 언제 스스로를 방어하고 언제 거리를 두어야 하는지 언제 호감과 신뢰감을 얻어야 하는지 곧바로 깨달으며, 다른 사람과의 관계에서 최선을 다하고 또 다른 사람이 최선을 다하도록 이끌며, 자신과의 관계나 절대적인 측면에서 어떤 사람을 어떻게 평가할지 곧바로 안다.

팔로마르는 자신에게 그런 재능이 없는 것을 아쉬워한다. '그런 재능은 세상과 조화롭게 사는 사람들이나 갖고 있는 거야. 그들은 사람뿐만 아니라 사물, 장소, 상황, 기회, 창공에 도는 별자리, 분자로 모이는 원자들과도 자연스럽게 조화를 이루지. 우리가 우주라고 부르는 동시에 일어나는 사건들의 눈사태도 그런 행운아를 압도하지는 못해. 그는 무한한 조합과 변환, 결과의 연쇄 사이로 아주 섬세한 틈을 통해 빠져나갈 줄 알고, 치명적인 운석들의 궤도를 피하고 유익한 광선들만 재빠르게 붙잡아. 우주의 친구인 사람에게 우주는 친구가 되지. 나도 그럴 수 있다면 얼마나 좋을까!' 팔로마르는 한숨을 쉰다.

그들을 모방해 보기로 결심한다. 이제부터 그의 모든 노력은 자기 이웃뿐 아니라 은하계 체계의 머나먼 소용돌이와도 조화를 이루는 데 집중될 것이다. 먼저 팔로마르는 이웃과 문제가 너무 많기 때문에 우주와의 관계를 개선하려고 노력할 것이다. 자신과 비슷한 사람들과 만나는 것을 최소한으로 줄이고, 마음에서 모든 경솔한 존재를 몰아내고 텅 비게 만드는 데 익숙해지며, 별이 빛나는 밤에 하늘을 관찰하고, 천문학 책들을 읽고, 우주 공간에 대한 관념이 자기 정신적 설비의 영원한 비품이 될 때까지 친숙해지려고 노력한다. 그리고 자기 생각이 가까운 사물들과 멀리 있는 사물들을 동시에 고려하도록 노력한다. 예를 들어 파이프 담배에 불을 붙일 때 곧이어 빨아들이면 성냥의 불꽃이 통의 바닥까지 빨려 들어가 서서히 담뱃잎 조각들을 재로 전환시키기 시작하는 것에 관심을 기울이면서, 동시에 바로 그 순간, 그러니까 수백만 년 전에 대마젤란운에서 일어나고 있는 초신성의 폭발을 잠시도 잊지 않도록 노력하는 것이다. 우주에서는 모든 것이 서로 연결되어 있고 서로 상응한다는 관념은 절대 그를 떠나지 않는다. 게성운에서 광도의 변화 또는 안드로메다 성운에서 공 모양 덩어리의 응집은 전축의 작동이나 그의 샐러드 접시 안에 담긴 양갓냉이 잎사귀의 신선도에 어떤 영향을 줄 수밖에 없다고 생각한다.

시간과 공간 속에 균형을 이루는 실제적이거나 가능한 사건들의 먼지구름 속에, 허공에 떠도는 사물들이 말없이 펼쳐진 한가운데에 자신의 자리를 정확하게 한정했다고 확신했을 때, 팔로마르는 그런 우주적 지혜를 자신과 비슷한 사람들과의 관계에 적용할 순간이 되었다고 믿는다. 서둘러 사회로 돌아가고, 다시 교제와 우정, 사업 관계를 맺고, 자신의 관계와 애정에 대해 주의 깊게 양심 검사를 한다. 마침내 뚜렷하고 분명하며 안개가 없는 풍경, 자신이 정확하고 분명한 태도로 움직일 수 있는 풍경이 눈앞에 펼쳐지는 것을 보리라고 기대한다. 진짜 그럴까? 전혀 그렇지 않다. 그는 오해와 동요, 타협, 잘못된 행동의 혼란 속에 빠져들기 시작한다. 아주 사소한 문제들이 괴로움을 주고, 아주 심각한 문제들이 단조로워진다. 그가 말하거나 행동하는 모든 것이 서툴고 어색하고 우유부단한 것이 된다. 무엇이 작동되지 않는 것일까?

이런 것이다. 천체들을 관조하면서 그는 자신이 존재한다는 것을 거의 잊을 정도로 자신을 형체 없는 익명의 점으로 간주하는 데 익숙해졌다. 이제 인간들과 교류하기 위해서는 자기 자신을 연루시키지 않을 수 없는데, 그 자기 자신이 어디에 있는지 더 이상 알 수가 없는 것이다. 사람은 모든 사람 앞에서 그 사람과의 관계에서 자신을 어디에 위치시킬지를 알아야 하고, 다른 사람의 존재가 자신에게 불러일으키는 반응을 확신해야 하고(혐오감이든 매력이든, 받은 영향력이든 강요된 영향력이든, 호기심이든 무관심이든 또는 불신이든, 지배든 복종이든, 제자의 입장이든 스승의 입장이든, 배우로서의 공연이든 관객으로서의 공연이든) 그 반응과 상대방의 대항 반응을 토대로 그들의 게임에서 적용해야 할 규칙들, 게임해야 할 움직임들과 대항 움직임들을 결정해야 한다. 이 모든 것을 위해서는 다른 사람들을 관찰하기 전에 자기 자신이 누구인지 잘 알아야 한다. 이웃을 안다는 건 특별한 것이다. 필연적으로 자기 자신을 아는 과정을 거쳐야 하는데, 팔로마르에게는 바로 그것이 없다. 단순히 아는 것뿐 아니라 이해하는 것, 자기 고유의 수단과 목적과 충동과의 일치도 필요하며, 그것은 자신의 성향과 행위에 지배력을 행사하여 통제하고 이끌면서도 강요하지 않고 질식시키지 않게 할 수 있는 능력을 의미한다. 그가 경탄하는 모든 말과 모든 행동의 올바름과 자연스러움을 가진 사람들은 우주와 평화를 누리기 전에 자기 자신과 평화를 누린다. 팔로마르는 자신을 사랑하지 않기 때문에 언제나 자기 자신을 직면하지 않으려 했다. 그렇기 때문에 은하계 사이로 도피하기를 좋아했던 것이다. 이제 그는 내면의 평화를 찾는 일부터 시작해야 한다는 것을 깨닫는다. 아마 우주는 나름대로 평온하게 돌아가겠지만, 그는 그럴 수 없을 게 분명하다.

그에게 열려 있는 길은 이런 것이다. 이제부터 자기 자신을 아는 일에 매진할 것이며, 자신의 내면적 지리를 탐험할 것이며, 자기 정신의 움직임들을 도표로 그려 보고 거기에서 공식과 공리를 이끌어 낼 것이며, 별자리들의 궤도가 아니라 자기 삶의 경로가 그리는 궤도에 망원경을 겨냥할 것이다. 이제 그는 생각한다. '누구도 자신을 넘어서는 외부의 것을 알 수는 없어. 우주라는 거울은 우리가 자기 안에서 알게 된 것만 관조할 수 있게 하지.'

그리하여 지혜를 찾는 노정의 이 새로운 단계도 수행된다. 마침내 그의 시선은 자신의 내면을 살펴볼 수 있을 것이다. 그는 무엇을 보게 될까? 그의 내면세계는 빛나는 나선형의 평온하고 방대한 회전처럼 보일까? 성격과 운명을 결정하는 타원과 포물선 위로 별들과 행성들이 조용히 항해하는 것이 보일까? 자아가 중심에 있고 중심이 모든 지점에 있는 무한한 둘레의 천구를 관조하게 될까?

눈을 뜬다. 그의 눈에 보이는 것은 이미 매일 보았던 것들인 듯하다. 칠이 벗겨지고 각이 진 높은 벽들 사이로 서로 얼굴도 바라보지 않고 팔꿈치로 밀치면서 서둘러 나아가는 사람들이 가득한 거리들이다. 저쪽 끝에 별이 빛나는 하늘이, 기름칠이 되지 않은 모든 연결부에서, 위험하고 비틀리고 자신처럼 쉴 사이 없는 우주의 전초 기지들에서 삐걱거리고 덜컹거리는 망가진 기계처럼 간헐적인 섬광을 뿌린다.

### 3.3.3. 죽은 사람이 되는 방법

팔로마르는 자기 없이 세상이 어떻게 돌아가는지 보기 위해 이제부터 마치 죽은 사람처럼 지내 보기로 결심했다. 얼마 전부터 자신과 세상의 관계가 더 이상 예전 같지 않다는 것을 깨달았기 때문이다. 전에는 그와 세상이 서로에게 무언가를 기대하는 것처럼 보였다면, 지금은 좋든 나쁘든 뭐 기대할 것이 있는지, 무엇 때문에 그 기대가 그를 영원히 동요하고 불안하게 했는지 더 이상 기억이 나지 않았다.

그러니까 이제 팔로마르는 세상이 자신에게 무엇을 준비하는지 더 이상 물어보지 않아도 되기 때문에 안도감을 느껴야 할 것이며, 더 이상 자신에 대해 염려할 필요가 없는 세상의 안도감도 느껴야 할 것이다. 하지만 바로 그런 평온함을 맛보려는 기대가 팔로마르를 불안하게 만들었다.

간단히 말해 죽은 사람이 되기는 생각했던 것보다 어려웠다. 먼저 죽은 사람이 되기와 존재하지 않기를 혼동하지 않아야 하는데, 그것은 탄생 이전에 무한히 펼쳐진 시간, 죽음 이후에도 무한히 펼쳐질 시간과 대칭적인 시간까지 차지하는 조건이다. 실제로 태어나기 전의 우리는 실현되거나 실현될 수 없는 무한한 가능성의 일부인데, 반면 일단 죽고 나면 우리는 과거 안에서도 실현될 수 없고(이제 우리는 완전히 과거에 속하지만 그 과거에 더 이상 영향을 줄 수 없다.) 미래 안에서도 실현될 수 없다.(우리의 영향을 받는다 해도 미래는 우리에게 금지된다.) 팔로마르의 경우는 실제로 더 단순하다. 그가 무언가 또는 누군가에게 영향을 줄 수 있는 능력은 언제나 무시해도 좋을 정도였기 때문이다. 그가 없어도 세상은 아주 잘 돌아갈 것이며, 그는 심지어 자신의 습관을 바꾸지 않고도 아주 평온하게 자신을 죽은 것으로 간주할 수 있을 것이다. 문제는 그가 무엇을 하느냐가 아니라 그가 무엇인가, 보다 정확히 말하자면 그가 세상과의 관계에서 무엇인가에 있어서의 변화이다.

그가 없는 세상은 불안의 끝을 의미할까? 그와 상관없이 나름의 법칙이나 필연성이나 이유에 따라 그의 존재나 반응과 무관하게 사건이 일어날까? 파도가 암초에 부딪치고, 바위를 파헤치고, 다른 파도가 덮쳐 오고, 다른 파도, 또 다른 파도가 덮쳐 오며, 그가 있든 없든 모든 것이 계속 일어날 것이다. 죽은 사람이 되기의 위안은 이런 것이리라. 우리의 존재라는 그 불안의 얼룩이 사라지고 유일하게 중요한 것은 사건들이 태양 아래 자신들의 냉담한 평온함 속에 계속 일어나고 확장된다는 것이다. 모든 것이 평온하거나 평온을 지향한다. 태풍이나 지진, 화산의 분출까지. 하지만 그가 있을 때에도 세상은 그렇지 않았던가? 폭풍은 이후의 평화를 가져가 버릴 때, 모든 파도가 해변에 부딪쳐 부서지고 바람이 자신의 힘을 소진하는 순간을 준비했던가? 죽은 사람이 되기는 아마 영원히 파도로 남아 있는 파도들의 대양을 지나가는 것이며, 따라서 바다가 평온해지기를 기대하지는 말아야 한다.

죽은 자들의 시선은 언제나 약간 회피적이다. 장소, 상황, 기회는 이미 대략 알고 있던 것들이며, 그것들을 알아보는 것은 언제나 일정한 만족감을 준다. 그러면서 동시에 크고 작은 수많은 변화가 보인다. 그 변화들이 일관된 논리적 전개에 상응할 경우 그 자체로 수용될 수도 있지만, 자의적이고 불규칙한 것으로 드러나면서 그것은 불쾌감을 준다. 특히 사람들은 언제나 필요해 보이는 수정을 가하기 위해 개입하고 싶은 유혹을 느끼는데, 죽었으므로 그렇게 할 수 없는 것이다. 거기에서 당혹감에 가까운 거부감이 나타나지만, 동시에 마치 중요한 것은 자신의 과거 경험이고 나머지 모든 것에 대해서는 너무 신경 쓰지 말아야 한다는 것을 아는 사람처럼 잘난 체하기도 한다. 그런 다음 곧이어 지배적인 느낌이 나타나 모든 생각을 압도하는데, 모든 문제는 다른 사람들의 문제이고 그들의 일이라는 것을 아는 안도감이다. 죽은 사람은 그 무엇도 중요하게 생각하지 말아야 한다. 거기에 대해 생각하는 것은 그의 몫이 아니기 때문이다. 비도덕적으로 보일지라도 바로 그런 무책임함이 죽은 사람의 즐거움이다.

정신 상태가 지금 묘사한 것에 가까이 다가갈수록 팔로마르는 죽은 사람이라는 관념을 자연스럽게 여긴다. 물론 정말로 죽은 사람이라고 믿는 고상한 거리감도 아직 찾지 못했고, 모든 설명을 넘어서는 이유도, 다른 차원으로 통하는 터널에서 나오는 것처럼 자신의 한계에서 벗어남도 찾지 못했다. 때로는 다른 사람들이 모든 것에서 실수하는 것을 보고, 자신도 그들의 입장이라면 똑같이 실수할 테지만 어쨌든 그것을 고려할 것이라고 생각하면서 최소한 평생 동안 느꼈던 조급함에서는 벗어났다는 착각도 한다. 그러나 전혀 벗어난 것은 아니다. 자신과 다른 사람의 실수를 참지 못하는 것은 어떤 죽음도 지우지 못하는 실수들 자체와 함께 영원히 계속될 것이다. 그러므로 그에 익숙해질 필요가 있다. 팔로마르에게 있어 죽은 사람이 된다는 것은 더 이상 바꿀 희망이 없는 결정적인 상태에 똑같은 자기 자신으로 남아 있게 된다는 실망감에 익숙해지는 것이다.

팔로마르는 산 사람의 조건이 죽은 사람의 조건에 대해 가질 수 있는 유리함을 과소평가하지 않는다. 언제나 위험이 아주 많고 이익은 짧게 지속될 수 있는 미래의 의미에서가 아니라, 자기 과거의 형식을 개선할 가능성의 의미에서 말이다.(누군가 자신의 과거에 이미 충분히 만족하고 있지 않다면 말이다. 그것은 관심을 기울일 만큼 흥미롭지 않은 경우이다.) 사람의 삶은 사건들의 총체로 구성되는데 거기에서 마지막 사건은 그 모든 전체의 의미를 바꿀 수도 있다. 이전 사건들보다 더 중요하기 때문이 아니라, 일단 하나의 삶 안에 포함되면 사건들은 연대적인 질서보다 내적 구조에 상응하는 질서로 배치되기 때문이다. 예를 들어 누군가는 성숙한 나이에 자신에게 중요한 책을 읽고 이렇게 말할 수도 있다. "내가 이 책을 읽지 않고 그동안 어떻게 살았을까!" 또는 "젊었을 때 이 책을 읽지 않은 게 정말 유감이야!" 그렇지만 그런 주장, 특히 두 번째 주장은 별로 의미가 없다. 왜냐하면 그 책을 읽은 순간부터 그의 삶은 그 책을 읽은 사람의 삶이 되고, 빨리 읽었든 늦게 읽었든 그것은 별로 중요하지 않으며, 또한 읽기 전의 삶도 이제는 그 책을 읽고 형성된 형식을 띠기 때문이다.

죽은 사람이 되는 방법을 배우려는 사람에게 가장 어려운 과정은 이런 것이다. 자신의 삶은 모두 과거에 완결된 총체이며, 거기에 이제 아무것도 덧붙일 수 없고, 다양한 요소들 사이의 관계에서 전망의 변화를 도입할 수도 없다는 것. 물론 계속 사는 사람들은 자신들이 살아온 변화들을 토대로 죽은 자들의 삶에도 변화들을 도입하여, 갖고 있지 않았던 것 또는 다른 형식을 가진 것처럼 보이던 것에 형식을 부여할 수 있다. 예를 들어 법률에 반하는 행동으로 인해 질책을 받았던 사람을 정당한 저항자로 인정하거나, 신경증이나 정신 착

란으로 선고받았던 사람을 시인이나 예언자로 찬양할 수도 있다. 그렇지만 그것은 특히 산 사람들에게 중요한 변화이다. 죽은 사람들이 거기에서 이익을 얻기는 어렵다. 사람은 각자 자신이 살아온 것과 살아온 방식에 의해 구성되며, 누구도 그에게서 그것을 빼앗을 수 없다. 고통을 받으면서 살았던 사람은 그 자신의 고통으로 구성된다. 만약 그에게서 그것을 빼앗으려고 한다면 더 이상 그가 아니다.

그렇기 때문에 팔로마르는 불만스러운 죽은 사람이 되려고 준비한다. 지금 그 상태로 남아 있어야 하는 운명을 받아들이기 싫지만, 자신에게 부담이 되더라도 자신의 어떤 것도 포기하지 않을 죽은 사람으로 말이다.

물론 후손에게 최소한 자신의 일부를 존속시키는 방법을 지향할 수도 있는데, 그 방법에는 두 가지가 있다. 유전적 자질이라는 자신의 일부를 후손에게 전달하는 생물학적 방법과, 아무리 평범한 사람도 모으고 축적하는 그 많거나 적은 경험을 다음 세대의 기억과 언어 속에 전달하는 역사적 방법이다. 세대들의 이어짐이 수백 년 혹은 수천 년 동안 계속되는 한 개인적 삶의 단계들이라고 가정한다면, 그 두 가지 방법은 하나로 간주될 수 있다. 하지만 그렇다면 문제를 연기하는 것에 지나지 않는다. 자기 개인의 죽음에서, 비록 늦게 일어날지라도 인류의 소멸로 연기하는 것이다.

팔로마르는 자신의 죽음을 생각하면서 벌써 인류 또는 인류의 파생물이나 마지막 생존자들의 죽음을 생각한다. 황폐하고 황량한 지구에 다른 행성의 탐험가들이 와서 피라미드의 상형 문자와 전자계산기의 천공 카드에 기록된 흔적을 해독하고, 인류의 기억은 자신의 재에서 부활하여 우주의 주거 지역들로 확산될 것이다. 그렇게 전달되고 또 전달되면서 닳아 없어지다가 텅 빈 하늘로 소멸될 순간에 도달할 것이며, 그때 삶에 대한 기억의 마지막 물질적 받침대는 열의 섬광 속에 변질되거나, 고정된 질서의 얼음 속에 자신의 원자들을 결정화시킬 것이다.

팔로마르는 생각한다. '만약 시간이 끝나야 한다면 매 순간 그 시간을 묘사할 수 있고, 묘사되는 그 순간은 그 끝이 더 이상 보이지 않을 정도로 확장되지.' 그는 자기 삶의 모든 순간을 묘사하기로 결심하고, 그 모든 순간을 묘사할 때까지 더 이상 죽은 사람이 되려는 생각을 하지 않기로 한다. 그는 그 순간에 죽을 것이다.

## 작품 해설

1983년에 출판된 『팔로마르』는 이탈로 칼비노의 문학 세계를 마무리하는 작품이라고 할 수 있다. 「소개」라는 제목으로 실린 서두 글에서 칼비노는 1970년대 중반부터 일간 신문에 연재하기 시작한 글을 활용하여 작품을 완성했다고 말한다. 하지만 이 책이 출판된 지 이 년도 지나지 않아 칼비노는 세상을 떠났다.

주인공 팔로마르의 이름은 천문대가 있는 캘리포니아의 팔로마 산에서 따온 것이다. 천문대의 주요 기능이 천체의 관찰에 있는 것처럼 팔로마르는 주변에 있는 모든 것을 관찰한다. 지엽적이거나 사소하게 보이는 것까지 섬세하고 예리한 시선으로 바라보고 자세하게 묘사하며, 거기에서 흥미로운 철학적 사색과 추론, 성찰을 이끌어 낸다. 그리고 이런 관찰과 사색을 통해 현실과 삶의 다양한 측면들로 독자를 안내한다.

『팔로마르』는 대개 소설로 분류되지만 전통적인 소설 양식과는 거리가 있어 보인다. 물론 주인공도 있고, 행위나 사건도 있고, 상황의 반전도 있지만, 소설보다 오히려 수필에 가까운 느낌을 준다. 그런 사실을 의식한 듯 칼비노는 작품의 집필 배경과 구성, 의도 등에 대한 「소개」 외에, 차례 앞에다 세 가지로 분류된 주제와 대상, 사색의 유형과 방식 등에 대해 짤막한 메모 형식의 글을 덧붙였다.

구성이나 전개 방식에 있어서도 칼비노의 실험성이 돋보인다. 텍스트는 모두 27편의 짤막한 글로 이루어져 있다. 크게 보면 세 부분으로 되어 있고, 각 부분은 다시 세 부분으로 나뉘며, 그 각각이 세 편의 글로 구성된다. 도식적으로 보자면 3×3×3 형식이다.

각각의 글은 몇 쪽 되지 않는 짧은 분량이지만, 상당히 압축적이며 곧바로 주제의 본질로 파고들면서 독특한 사색의 장을 펼친다. 그런 만큼 그 안에 담겨 있는 다채로운 뉘앙스와 함축된 의미를 골고루 맛보기 위해서는 주의 깊게 읽을 필요가 있다.

관찰과 사색의 기회나 대상, 방식은 다양하다. 팔로마르는 휴가나 여행, 쇼핑 같은 여러 기회를 통해 흥미로운 관찰 대상과 마주치고, 도시나 정원, 테라스, 동물원 등에서 관심을 끌 만한 이야깃거리를 발견한다. 그 외에도 인간 사회의 여러 가지 문제, 세상과 우주, 소통 문제 등이 핵심 주제로 부각되기도 한다. 해변에 부딪치는 파도를 비롯하여 정원의 거북이, 별자리, 철새, 치즈, 기린, 짝짝이 슬리퍼에 이르기까지 우리 주변의 모든 것이 그의 섬세한 눈길을 피하지 못한다. 그리고 팔로마르는 특히 사물의 이면에 숨은 궁극적인 진리 혹은 모든 현상에 적용할 수 있는 보편적이고 총체적인 진리를 찾으려 애쓴다.

그런데 거기에서 이끌어 낸 결론은 종종 엉뚱한 방향으로 나아간다. 기발한 연상과 지나친 사변으로 인해 때로는 궤변처럼 보이기도 하고, 때로는 미로 같은 논리적 궁지에서 길을 잃기도 한다. 그리하여 일종의 해프닝이 벌어지기도 한다. 예를 들어 해수욕장에서 일광욕하는 여자의 벗은 가슴을 바라보는 시선에 대한 일련의 비판적 성찰과 실천은 여자의 불쾌한 반응을 유발한다. 또한 「모래 정원」에서는 참선을 통해 정신의 절대적 평온을 얻으려고 노력하지만 복잡한 주변의 온갖 물리적 방해로 인해 좌절을 맛보고, 그 결과 불가능한 것들 사이의 조화라는 불가능한 것을 직관한다.

그렇게 꼬리에 꼬리를 물고 끝없이 이어지는 생각의 연쇄가 어떤 결론으로 이어질지 짐작하기 어려울 때도 있다. 마치 바닥 없는 사변의 소용돌이에 무방비로 휘말리는 것 자체를 즐기는 것처럼도 보인다. 잔디밭의 잡초 제거에 대한 생각에서 시작하여 우주의 질서와 혼돈에 대한 성찰로 나아가고, 동물원에서 기린을 바라보며 세상의 조화에 대해 생각하고, 파충류들을 구경하면서 사물의 본질과 지질학적 시간에 대해 성찰하고, 알비노 고릴라가 집착하는 타이어를 보면서 우리 언어가 도달하지 못하는 최종적인 의미에 대해 고민하기도 한다.

작품에서 드러나는 팔로마르의 성격은 내성적이고 혼자서 사색하기를 좋아하는 듯하다. 그런 성격 때문인지 사회에서 사람들 사이의 소통 방식과 그 문제점에 많은 관심을 기울인다. 예를 들어 「자기 혀 깨물기」에서는 침묵의 의미를 강조하면서 말과 침묵의 변증법적 관계에 대해 성찰한다. 또한 세대 사이에 본질적으로 소통이 불가능하다는 사실을 깨닫고는, 언어를 통한 소통의 한계를 인식하고 새로운 소통 방식을 상상하며, 지빠귀의 휘파람 소리에 담긴 의미를 해석하면서 새와의 대화를 시도하기도 한다.

상황에 따라 특정한 주제에 깊이 파고드는 그의 사색은 새로운 인식이나 깨달음을 얻으려고 노력하면서, 다른 한편으로 상식이나 일반적 인식에 대한 비판적 성찰과 뒤집기를 겨냥한다. 그리고 그런 의미에서 철학적 담론으로 발전한다. 별자리를 찾으면서 동시에 우주와 존재의 의미를 찾으려 하고, 정육점에서는 미각의 유혹과 함께 각종 육류를 바라보면서 인간과 소의 역설적 관계에 대해 고찰한다. 더 나아가 모든 것을 합리적 이성과 논리에 따라 파악하려는 현대인들의 관념에 대해서도 의혹의 시선을 던진다. 그런 맥락에서 멕시코 톨테카 유적의 그림 문자나 형상의 의미를 파악했다고 주장하는 안내자 친구와 달리 그 의미를 알 수 없다고 덧붙이는 현지 교사의 설명에 더 공감하기도 한다.

팔로마르의 관찰과 사색은 우리에게 세상을 바라보는 하나의 지침을 제공한다. 마치 삶과 현실을 새로운 눈으로 바라보고 새로운 의미를 찾아보라고 권유하는 듯하다. 요즘처럼 힘든 세상일수록 팔로마르처럼 색다른 시선으로 우리 주변을 되돌아볼 필요도 있을 것이다.

2016년 8월

하양 금락골에서

김운찬

## 작가 연보

1923년 10월 15일 쿠바의 산티아고데라스베가스에서 출생. 아버지 마리오 칼비노는 이탈리아 북부 산레모의 유서 깊은 가문 출신 농학자로 멕시코에서 이십 년을 보낸 뒤 쿠바에서 농학 연구소와 농업 학교를 맡아 운영. 어머니 에벨리나 마멜리는 사사리 출신으로 자연과학부를 졸업한 뒤 파비아 대학교에서 식물학 조교로 재직.

1925년 가족 모두 고향인 산레모로 돌아옴. 아버지가 화훼 연구소인 '오라치오 라이몬도'의 소장이 됨. 은행 도산으로 연구 자금을 잃은 뒤 활동을 계속하기 위해 자신의 저택 '라 메리디아나'의 정원을 사용. 이 연구 활동을 통해 수많은 화초를 산레모에 소개.

1927년 동생 플로리아노 출생. 플로리아노는 후에 집안의 과학적 전통을 따라 지질학자가 됨. 칼비노는 부모의 뜻대로 종교 교육을 전혀 받지 않고 자라남. 카시니 중고등학교 시절부터 시를 쓰고 풍자적인 그림과 자화상을 그리기 시작. 학창 시절 칼비노는 까다로운 편이었지만 친구들 사이에서 논쟁이 벌어질 때마다 재미있는 해석을 곁들이며 논쟁에 끼어듦.

1941년 토리노 대학교 농학부에 입학. 단편 몇 편을 쓰지만 출판되지는 않음. 발표되지 않은 단편 가운데 네 편(「가치에 대한 논의들」, 「행복한 사람」, 「자신을 믿지 않는 게 좋다」, 「노새를 탄 재판관」)은 칼비노 사후 1주기 때 고등학교 동창 에우제니오 스칼파리가 일간지 《라 레푸블리카》에 발표.

1943년 무솔리니가 이끄는 이탈리아 사회 공화국 군대에 징집되지 않으려고 동생과 함께 알프스로 피신. 그 후 공산주의자 부대 '가리발디'의 제2공격대에 자원.(『거미집으로 가는 오솔길』, 『까마귀는 마지막에 온다』라는 유격대 소설에서 이때의 경험을 찾아볼 수 있음. 특히 「피와 똑같은 것」은 독일군에게 인질로 잡힌 어머니 이야기를 다룸.)

1945년 해방 후 《우리들의 투쟁》, 《민주주의의 목소리》, 《일 가리발디노》에서 저널리스트로 활동. 이탈리아 공산당에 가입해 산레모와 토리노에서 당원으로 활동. 9월 토리노 대학교 문학부에 재등록. 《폴리테크니코》, 《아레투사》, 《루니타》에 기고. 에이나우디 출판사 편집부에 근무하던 파베세, 비토리니, 펠리체 발보 등과 교제. 「지뢰밭」으로 '루니타' 상 수상.

1947년 조셉 콘래드에 관한 논문으로 졸업. 몬다도리 출판사의 공모에 참가하기 위해 썼던 『거미집으로 가는 오솔길(Il sentiero dei nidi di ragno)』 출간. '리치오네' 상 수상.

1948년 다음 해까지 에이나우디 출판사 재직. 공산당 일간지 《루니타》의 편집자가 됨. 공산당원이자 저널리스트로 활동.

1949년 『까마귀는 마지막에 온다(Ultimo viene il corvo)』 출간.

1951년 파베세의 책 『미국 문학과 논문들』의 서문 집필. 아버지 사망. 어머니가 화훼 연구소의 책임을 맡아 1959년까지 운영.

1952년 비토리니가 첫 소설의 '리얼리즘적-사회 참여적-피카레스크적' 노선을 계속하기보다는 동화 작가의 영감을 따르라고 충고. 『반쪼가리 자작(Il visconte dimezzato)』 출간. 소련 여행. 바사니가 주관하는 잡지 《보테게 오스쿠레》에 「은빛 개미」 발표. 《루니타》에 「마르코발도」 연재 시작.

1954년 『참전(L'entrata in guerra)』 출간. 좌익 지식인들이 주관하는 《치타 아페르타》에 기고 시작.

1956년 이탈리아 각 지방에 전해 내려오는 이야기를 모아 『이탈리아 민담(Fiabe italiane)』 출간.

1957년 《치타 아페르타》에 「나무 위의 남작」 발표. 《보테게 오스쿠레》에 「건축 투기」 발표. 8월 공산당을 탈퇴하고 신좌익 사회주의자들과의 논쟁에 참여.

1950년 1월부터 1951년 7월에 걸쳐 써 놓았던 「포 강의 젊은이들」을 1957년 1월부터 1958년 3월에 걸쳐 《오피치나》에 연재.

1958년 「스모그 구름」 발표. 『단편들(I racconti)』 출판. 세르지오 리베로비치의 곡에 '독수리는 어디로 날아가는가'라는 제목의 가사를 붙임.

1959년 『존재하지 않는 기사(Il cavaliere inesistente)』 출간. 「다리 저편에」, 「세상의 주인」이라는 칸초네 작사. 루치아노 베리오의 음악을 위해 희극 「자 어서」 집필.

1960년까지 미국과 소련 여행. 두 나라의 지리적, 역사적 중요성을 강조하면서 문화를 비교하는 글을《루니타》에 기고.
'우리의 선조들(I nostri antenati)' 3부작 출간.
1967년까지 비토리니와 함께《일 메나보 디 레테라투라》 발행. 이 잡지에 「객관성의 바다」(1959), 「미궁에의 도전」(1962), 「노동자의 안티테제」(1967) 발표.

1963년 세르지오 토파노의 그림을 넣어 『마르코발도 혹은 도시의 사계절(Marcovaldo; ovvero, le stagioni in città)』 출간. 프랑스에서 체류. 『어느 선거 참관인의 하루(La giornata d'uno scrutatore)』 출간.

1964년 '키키타'라는 애칭으로 불리는 통역사이자 번역가인 에스터 싱어와 결혼하여 파리에 정착. 프랑스 아방가르드 예술가들과 교류하고 과학과 문학 사이의 가설에 관한 자신의 이론을 그들의 이론과 비교해 봄.《카페》에 『우주 만화(Le cosmicomiche)』 중 네 편 발표.

1965년 딸 아비가일 탄생. 「우주 만화」와 함께 「스모그 구름」, 「은빛 개미」를 단행본으로 출간.

1967년 레몽 크노의 『푸른 꽃』 번역 출간.

1968년 밀라노 출판 클럽에서 『세상에 대한 기억과 우주 만화적인 다른 이야기들(La memoria del mondo e altre storie cosmicomiche)』 출간.《누오바 코렌테》에 논문 「조합 과정으로서의 소설에 대한 메모들」 발표.

1969년 『교차된 운명의 성(Il castello dei destini incrociati)』 출간.

1970년 『힘겨운 사랑(Gli amori difficili)』 출간. 「이탈로 칼비노가 들려주는 루도비코 아리오스토의 광란의 오를란도」 집필. 그림 형제의 『동화들』 소개.

1971년 란차의 『시칠리아의 무언극들』 소개. 샤를 푸리에의 『네 가지 운동 이론』, 『새로운 사랑의 세계』 번역.

1972년 『보이지 않는 도시들(Le città invisibili)』 출판. 《카페》에 「흡혈귀의 왕국」 발표.

1973년 『교차된 운명의 성』 재출간.(결론 부분을 수정하고 「교차된 운명의 선술집」 수록.) 『보이지 않는 도시들』로 '펠트리넬리' 상 수상.

1974년 「게 왕자와 다른 이탈리아 민담들」 발표. 영화감독 페데리코 펠리니를 위해 『한 관객의 자서전(Autobiog rafia di uno spettatore)』 집필. 잠바티스타 바실레를 위해 논문 「메타포의 지도」 집필.

1975년 일간지 《코리에레 델라 세라》에 「팔로마르」를 발표하기 시작. 「피에르 파올로 파솔리니에게 보내는 마지막 편지」를 같은 신문에 발표.

1976년 독일 '슈타트프라이스' 수상.

1978년 스피나촐라가 편집하는 《푸블리코 1978》에 「1978년과 문학, 네 작가에게 보내는 다섯 가지 질문」 발표.

1979년 『어느 겨울밤 한 여행자가(Se una notte d'inverno un viaggiatore)』 출간. 여러 신문에 여행기 기고. 「나도 한때 스탈린주의자였나?」라는 글을 《라 레푸블리카》에 기고하기 시작.

1980년 가족과 함께 파리에서 로마로 이주. 칼비노는 이전부터 에이나우디 로마 지사의 자문 역할을 해 왔음.

1981년 어린이를 위한 『숲-뿌리-미궁』 집필. 프랑스의 레지옹 도뇌르 훈장 받음.

1982년 베리오와 함께 2막으로 된 오페라 「진실된 이야기」를 라 스칼라 극장에 올림.

1983년 『팔로마르(Palomar)』 출간. 「오디세이 속의 오디세우스들」, 「나일 강을 거슬러 올라가다」, 「신화, 동화, 알레고리」 발표.

1984년 가르찬티 출판사로 옮겨 『모래 선집(Collezione di sabbia)』 출간. 베리오와 함께 「이야기를 듣는 왕」을 잘츠부르크에서 공연. 피렌체에서 '현실의 차원들'이라는 주제로 열린 세미나에서 「문학과 다양한 차원의 현실들」 발표.

1985년 카스틸리오네델페스카이아에서 뇌일혈로 쓰러짐. 9월 6일 시에나의 산타마리아델라스칼라 병원에 입원. 같은 달 18일과 19일 사이에 사망.

1988년 미완성 유고 『미국 강의(Lezioni americane)』, 『민담에 대하여(Sulla fiaba)』 출간.

1991년 『왜 고전을 읽는가(Perché leggere i classici)』 출간.

옮긴이 **김운찬**

한국외국어대학교 이탈리아어과와 동 대학원을 졸업하고 이탈리아 볼로냐 대학교에서 움베르토 에코의 지도하에 화두(話頭)에 대한 기호학적 분석으로 박사 학위를 받았다. 현재 대구가톨릭대학교 기초교양교육원 교수로 재직 중이다. 지은 책으로 『현대 기호학과 문화 분석』, 『신곡 읽기의 즐거움 — 저승에서 이승을 바라보다』가 있고, 옮긴 책으로 칼비노의 『교차된 운명의 성』, 『마르코발도 혹은 도시의 사계절』, 『우주 만화』, 단테의 『신곡』과 『향연』, 아리오스토의 『광란의 오를란도』, 에코의 『거짓말의 전략』, 『이야기 속의 독자』, 『논문 잘 쓰는 방법』, 모라비아의 『로마 여행』, 파베세의 『피곤한 노동』과 『레우코와의 대화』, 과레스키의 『까칠한 가족』 등이 있다.

**이탈로 칼비노 전집**

**11**

# 팔로마르

1판 1쇄 펴냄 2016년 9월 5일
1판 2쇄 펴냄 2023년 1월 18일

지은이 이탈로 칼비노
옮긴이 김운찬
발행인 박근섭·박상준
펴낸곳 (주)민음사

출판등록 1966. 5. 19. 제16-490호
주소 서울특별시 강남구 도산대로1길 62(신사동)
강남출판문화센터 5층 (우편번호 06027)
대표전화 02-515-2000 | 팩시밀리 02-515-2007
홈페이지 www.minumsa.com



ISBN 978-89-374-4341-1 (04880)
978-89-374-4330-5 (세트)